Die Welt durch Wörter sehen

Federica de Cesco

Die Welt durch Wörter sehen

Meine Lieblingsgeschichten

WÖRTERSEH

Wörterseh wird vom Bundesamt für Kultur
für die Jahre 2021 bis 2024 unterstützt.

Lektorat: Andrea Leuthold
Korrektorat: Lydia Zeller
Foto Umschlag: © Kazuyuki Kitamura
Umschlaggestaltung: Thomas Jarzina
Layout, Satz und Herstellung: Beate Simson
Druck und Bindung: CPI Books GmbH

Print ISBN 978-3-03763-138-6
E-Book ISBN 978-3-03763-827-9

www.woerterseh.ch

MIX
Papier | Fördert gute Waldnutzung
FSC® C083411
FSC www.fsc.org

Wie immer für Kazuyuki

und ganz besonders für Juhani

Kurzgeschichten und Gedanken
sind bunt wie das Leben

Inhalt

Schon mit 17 ist Ananda eine erfahrene Bergsteigerin. Die schwärmerische Begeisterung ihres Vaters für diese Sportart spielte auch bei ihrer Namensgebung mit. Ananda ist ein Gipfel im Himalaja-Massiv, und diesen «ihren» Berg will der Vater mit ihr besteigen. Obwohl Ananda vor dieser Expedition Angst hat, fährt sie mit ihrem Vater nach Nepal. Dort stoßen sie bei der Verwirklichung ihres Planes auf unerwarteten Widerstand. Keiner der einheimischen Sherpas und Träger will sie auf den Ananda begleiten, es ist ein verbotener Berg und nach ihrer Religion der Sitz einer launischen Göttin. Trotz der unverhüllten Drohungen des Abtes eines Lama-Klosters hält Anandas Vater an der Besteigung gerade dieses Gipfels fest. Er will sich durch diesen «Aberglauben» nicht von der Erfüllung seines Lebenstraumes abhalten. Seine Starrköpfigkeit und sein rücksichtsloser Egoismus bringen sie in Lebensgefahr.

Umschlag von Dieter Lange

BENZIGER

Vorwort

In meiner Kindheit und Jugend war Federica de Cesco meine absolute Lieblingsschriftstellerin. Ich schrieb damals viel Tagebuch, verfasste kleine Geschichten. Und einmal, ich war zwölf oder dreizehn Jahre alt, schrieb ich ihr einen Brief, erzählte von meinem Leben und legte ein Heft mit meinen Texten dazu. Völlig baff war ich dann, als sie mich anrief. Ich durfte mich mit ihr treffen, wir haben Schokolade getrunken und Kuchen gegessen – oh, ich weiß es gar nicht mehr so genau, ich war auch furchtbar aufgeregt. Als dann 1977 der Roman »Ananda« erschien, schenkte mir Federica de Cesco ein Exemplar mit der Widmung: »Vielleicht wird Dir ein Name in diesem Buch bekannt vorkommen …« Und wirklich: Die Ich-Erzählerin trug wie ich einen Spitznamen – meinen. Ein größeres Glück konnte ich mir nicht vorstellen.

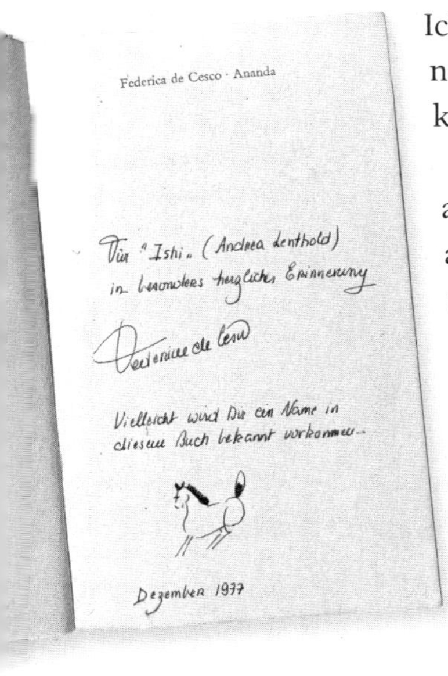

Später verlor ich Federica de Cesco aus den Augen. Ich machte eine Lehre als Schriftsetzerin, wurde früh Mutter, zog aufs Land und wieder zurück in die Stadt, kümmerte mich bald um drei Kinder, arbeitete daneben immer um die fünfzig Prozent. Zeit zum Schreiben hatte ich schon lange nicht mehr, und blieb mir abends ein bisschen Freiraum, nahm ich zwar immer ein Buch zur Hand, doch fielen mir meist schnell die Augen zu. Die Liebe zur Sprache blieb, so bildete ich mich weiter, machte das Lesen zu meinem Beruf. Nun las ich zwar wieder viel, doch abends schlug ich dennoch selten ein Buch auf – ich hatte ja tagsüber schon Berge von Buchstaben verschlungen.

Natürlich war mir bewusst, dass Federica de Cesco noch immer schrieb, doch ich hatte in all den Jahren fast nichts mehr von ihr gelesen. Sie rückte erst wieder in mein Blickfeld, als mich die Verlegerin Gabriella Baumann-von Arx anfragte, ob ich die nun vorliegende Kurzgeschichtensammlung der Autorin lektorieren wolle. Ich schluckte leer – auch wenn ich in den letzten zwanzig Jahren an unzähligen Büchern mitgearbeitet hatte, war ich nicht sicher, ob ich der Aufgabe gewachsen sein würde. Nachdem ich einige von Federica de Cescos Texten zur Probe gelesen hatte, schrieb ich ihr; diesmal keinen Brief, sondern eine Mail. Ich knüpfte an unser Treffen von früher an, erzählte ihr, dass ich noch immer mit zwei Namen durchs Leben gehe, und von meinen Skrupeln, an den Texten einer Berühmtheit wie ihr »herumzuflicken«. Und wie schon vor fast einem halben Jahrhundert überraschte sie mich, indem sie mir sofort antwortete – wie beim ersten Mal telefonisch – und gleich wie selbstverständlich erwähnte, dass sie sich natürlich an mich erinnere.

Bei unserer Arbeit lernte ich eine neugierige, charmante, humorvolle Frau kennen, die blitzschnell denkt und genau weiß, was sie will, kein Blatt vor den Mund nimmt und ebenso einfühlsam und tiefsinnig wie wach und schlagfertig ist. In dieser Sammlung fordert sie uns in fiktiven Erzählungen und Beschreibungen eigener Erlebnisse und Beobachtungen auf, unser Leben selbst in die Hand zu nehmen, für unser

Glück einzustehen und dennoch aufmerksam für die Bedürfnisse aller Bewohner unserer Erde zu bleiben. Offen für verschiedenste Facetten der Kultur und der Kunst, fremder Länder und Traditionen, mäandert sie durch unseren Alltag und weit entfernte Leben und verliert dabei nie aus den Augen, was ihr wichtig und lieb ist.

Wie ihre Texte entstehen, beschreibt sie in »Wie schmeckt ein Buch am besten?« am Ende dieser Sammlung, und ich werde mich hüten, da vorzugreifen. Nur einen Gedanken möchte ich aufnehmen – er ist so kurz und schön, dass er zum Titel dieses Buches geführt hat: »Die Welt durch Wörter sehen«. Selten habe ich einen Menschen kennen gelernt, auf den dies so sehr zutrifft wie auf Federica de Cesco. Sie hat ihr Leben lang geschrieben, und ich glaube verstanden zu haben, dass ihr Leben und das Schreiben sich wie in einem Traum ineinander verwoben haben, nicht zu trennen und eins geworden sind. Was nicht heißt, dass sie in den Wolken schwebt. Im Gegenteil, sie steht fest auf dem Boden, richtet ernsthaft und scharfsinnig den Fokus auf einen bestimmten Aspekt – um dann aber im nächsten Moment mit einem schelmischen Lächeln zu erklären, dass nicht immer klar sei, was Sein und was Schein ist. Schließlich sei auch Schummeln erlaubt und manchmal auch überlebenswichtig.

Dass ich ihre Texte lektorieren durfte, ist mir eine Ehre. Und dass ich nach so vielen Jahren erfahren habe, was für eine liebe- und respektvolle Persönlichkeit mein Jugendidol ist, zeigt mir, dass Federica de Cesco zu Recht von Kindesbeinen an einen ganz speziellen Platz in meinem Herzen und dem von unzähligen anderen Leserinnen gefunden hat.

Andrea Leuthold, im Sommer 2022

Freiheit in der Schriftform

Auszüge aus einem 2018 gehaltenen Referat
anlässlich einer öffentlichen Literaturvorlesung
an der Universität St. Gallen.

Was ist Freiheit? Im philosophischen Sinne ein Ideal. Etwas Wesentliches, von Dichtern besungen, das sich weder im Feuer verbrennen noch im Wasser ertränken lässt. Die Freiheit ist des Menschen Traum und höchstes Ziel. Ein großartiger Anspruch, nicht wahr?

Aber war der Mensch jemals fähig, diesem sehnsüchtig herbeigewünschten Ideal gerecht zu werden? Wann wurde das Ideal zu Strategie? Ziemlich bald, leider. Denn das Freiheitsideal, von Illusionen und Opfern getragen, ist mit der pyramidalen Struktur dieser Welt unvereinbar.

In unserer gegenwärtigen Entwicklungsphase braucht die Menschheit allgemeine Verhaltensweisen. Zum Beispiel die Zehn Gebote, von Moses ausgeklügelt und mit erhobenem Zeigefinger unter die Leute gebracht. Vorausgesetzt, dass es den Mann überhaupt gegeben hat. Wie oft haben ausgebeutete Völker gekämpft und gelitten und eine bessere Zukunft herbeigesehnt? Und wie oft mussten diese Völker erleben, dass ihre angehimmelten Freiheitskämpfer, denen sie Denkmäler und Mausoleen errichteten, sich zu unnachgiebigen Despoten entwickelten? Wie diese Despoten die Völker, die ihre Ketten brechen wollten, in noch solidere Ketten legten?

Siegestriumph und Macht korrumpieren. Von der Antike bis in unsere Zeit herrscht nahezu konstant das gleiche Schema: So, liebe Leute, ihr habt mich ja gewählt, jetzt tragt gefälligst die Folgen! Fanatismus, ethnische Säuberungen, Pogrome und zum Dessert eine neue Religion. Wozu ein heiliger Krieg (hier eine Zwischenfrage: wie kann ein Krieg eigentlich heilig sein?), wenn nicht, um neue Gesetze zu entwickeln, die ein Volk noch stärker knechten?

Selten entsteht ein wirklicher Fortschritt, aber zum Glück zeigen Beispiele, dass demokratische Freiheit auch auf lange Sicht praktikabel sein kann. Aber da auf dieser Welt alles relativ ist, schlägt das Pendel nach einigen Generationen auf die andere Seite. Was man zuvor geliebt hat, wird ohne Seelenzustände abgeschafft. »Oh, Freiheit, wie viele Verbrechen werden in deinem Namen begangen!«, rief die Schriftstellerin Madame Roland, eine bedeutende Figur der Französischen Revolution, als sie im Oktober 1793 auf dem Schafott stand und der Henker mit dem Beil auf sie wartete. Die Revolution hatte – bis auf weiteres – gesiegt. Man tobte sich aus. »Und wenn dann der Kopf fällt, sag ich: Hoppla!«, sang die Seeräuber-Jenny in Brechts »Dreigroschenoper«.

Natürlich wird die Freiheit in Literatur, Dichtung, Musik und Malerei überschwänglich gefeiert. Die Freiheit ist, wie die Religion, inspirierender Kern der großen Werke der Menschheit. Es gibt ein berühmtes Gemälde von dem französischen Maler Delacroix: »La Liberté guidant le peuple«. Tja, die arme Liberté, die ihren wohlgeformten Busen auf der Barrikade präsentierte, würde sich schon bald einen Schnupfen holen!

Auch ich als unbedeutende Autorin habe den Freiheitskampf in ziemlich schwülstiger Form – ich gebe es zu – in verschiedenen Geschichten aufgegriffen. Zum Beispiel in meinen Romanen, die in Tibet spielen. Von Tibet redet heute kaum noch jemand. Die Sache auf dem Dach der Welt ist längst gelaufen. Fait accompli: Tibet gehört zu China! Aber noch 1998 beschrieb ich in »Die Tibeterin« den Widerstand des tibetischen Volkes und die Belagerung der Stadt Lithang. Hier nur ein kurzer Abschnitt, in dem der Nomade Atan, ein illusionsloser Rebellenanführer, von seiner Mutter, der Sängerin Shelo, erzählt. Die Sequenz ist recht pathetisch, aber wirkungsvoll:

Hoch oben, zwischen den Zinnen, wanderte Shelo mit ruhelosen Schritten. Ich folgte ihr wie ein kleiner, dunkler Schatten. Jede Nacht sang sie kraftvoller und strahlender. Ihre Stimme, vom Glanz des Himmels magisch angezogen, hallte in der Ferne wider. Doch in der letzten Nacht, als der Mond wie blaues Eis funkelte, taumelte Shelo, ihre Stimme erstarb in einem Röcheln. Ihre tastenden Hände griffen nach ihrer Kehle, und ein Blutfaden rann aus ihrem Mund. Sie fiel, die Hände ausgestreckt, auf die Knie. Bevor ich sie halten konnte, schlug sie auf den Boden, und der Schnee um sie herum färbte sich rot. Ich dachte, sie sei von einer Kugel getroffen worden, schrie laut um Hilfe. Dann erschien Tenpa Rimpoche, gab mit leiser Stimme Anweisungen. Zwei Mönche hoben Shelo auf, trugen sie vorsichtig die Leitern hinunter, durch düstere Hallen und winklige Gänge. Shelo röchelte. Ihr langes Haar schleifte über den feuchten Boden.
»Ist sie verletzt?«, schluchzte ich. »Wird sie sterben?«
Tenpa Rimpoche umfasste meine Schultern.

»Nein, Kind. Beruhige dich.«
»Onkel, was ist mit ihr?«
Ich sah im Dämmerlicht seine geröteten Augen. Sein Gesicht war lederbraun und fast ohne Fleisch.
»Kind, ihre Stimmbänder sind gerissen. Sie wird jetzt für lange Zeit verstummen.«

Hier wäre vielleicht der richtige Augenblick, um den Begriff der Freiheit vom Allgemeinen auf die individuelle Ebene zu übertragen. Geht es nämlich um den Einzelnen, steht dieser Einzelne nicht machtlos da.

Einst wurde Martin Luther die Frage gestellt: »Wie frei ist der Christenmensch?«

Und Luther antwortete: »Der Christenmensch ist völlig frei. Aber er ist der Knecht all seiner Mitmenschen.«

Sollte man jetzt frohlocken? Hat der Mensch wirklich eine zukunftweisende Entwicklungsstufe erreicht? Ist er endlich ein mündiger Mensch? Ein »honnête homme«, wie es die Franzosen formulieren? Ist er bereit, seine Verantwortung zu tragen für sich selbst und für jene, denen er Achtung und Mitgefühl schuldet? Schön wärs! Leider fehlen noch ein paar Jahrhunderte, bis alle Völker dieser Erde die gleiche geistige Entwicklung teilen.

Ich persönlich bringe wenig Nachsicht auf für fremde Kulturen mit neurotischen Traditionen und spezifisch femininen Problemen. In solchen Ländern setzen sich aufgeklärte Schreibende nach wie vor in die Nesseln. Vor einigen Jahren hatte der indische Schriftsteller Salman Rushdie ein Buch geschrieben, das angeblich den Propheten beleidigte. Ayatollah Khomeini schrie und zeterte unter seinem Turban. Für den Tod des Schriftstellers wurde ein Kopfgeld ausgesetzt. Salman

Rushdie bekam Bodyguards, ließ sich jedoch nicht einschüchtern. Heute lebt er in New York und schreibt unbeirrt weiter.

Tatsache ist, dass Schreibende in ihren Büchern auf jeder Seite präsent sind. Ihre Weltanschauung, ihre Vorlieben und Abneigungen dringen durch, unabhängig von der Geschichte. Sie machen kein Geheimnis aus ihren Phobien und Obsessionen, ihren politischen und religiösen Ansichten. Besonders deutlich zeigen sich ihre Gefühle zum anderen Geschlecht. Die geschriebenen Worte dokumentieren ihre erotischen Vorlieben und Fantasien, widersprechen sich bisweilen. Na, egal – sind die Schreibenden gut, haben ihre Schilderungen Allgemeingültigkeit. Die Lesenden erkennen sich darin wie in einem Spiegel.

Ich erwähnte bereits die besonderen Probleme des weiblichen Geschlechts. In der Literatur sind sie ein unerschöpfliches Thema. Und überhaupt: Warum muss das weibliche Geschlecht Probleme haben? Noch im 21. Jahrhundert? Doch nur, weil es für das andere Geschlecht von Nutzen ist. Den einen gehört die Welt, die anderen kümmern sich um Kinder und Haushalt. Praktisch und bequem. Und wie lange soll das noch so weitergehen?

Man sollte es den jungen Leserinnen hinter die Ohren schreiben: Mädchen, entwickelt euer Potenzial! Was ihr braucht, ist eine gesunde Portion Egoismus. Ich denke da an die »neue Bescheidenheit«, die sich neuerdings im Mainstream regt. Unsinn! Frauen haben nicht bescheiden zu sein. Wer hat schon mal von bescheidenen Männern gehört? Es ist eine erwiesene Tatsache: Sobald Frauen in Gesellschaft und Politik mitreden, gibt es Fortschritt. Kein Wunder, dass die afghanischen Taliban die Mädchenschulen verbrennen und die Schülerinnen erdolchen. Sie sind in großer Panik.

In meinem Jugendroman »Aischa oder Die Sonne des Lebens« steht ein Moslem-Mädchen im Vordergrund. Sie lebt in Paris, geht dort zur Schule und tut alles, was Religion und Familie ihr verbieten. Die Eltern schicken sie nach Algerien zurück, wo sie verheiratet werden soll. Aber Aischa lässt sich nicht unterkriegen:

> *Vor Sonnenaufgang riss mich ein lang anhaltender Gesang, durch Lautsprecher verstärkt, aus dem Schlaf. Der Muezzin rief zum Gebet! Die Stimme schallte wie von Schwingen getragen über die verschlafene Stadt. Ich hielt mir die Ohren zu. Meine Seele war in Stücke zerrissen. Gefühlsmäßig war ich mit meiner Kultur durch Klänge und Wärme der Kindheit, durch tiefe, bleibende Erinnerungen verbunden. Jedoch weigerte ich mich, in die »Schranken verwiesen zu werden«, lehnte mich gegen religiöse Vorschriften und Vorurteile auf, die wie die Fangarme eines Polypen um mich griffen.*

Natürlich wird Aischas Ungehorsam am Ende belohnt. Sie knallt ihrem autoritären Bruder einen Schemel an den Kopf, flieht und erlangt die Freiheit.

Wie kam ich eigentlich dazu, schon als Fünfzehnjährige ein Buch zu schreiben? Ich werde hier nicht auf die Motivation eingehen. Bemerkenswert ist lediglich, dass ich in einer Zeit, da normatives Denken im Jugendbuch die Regel war, unbefangen jede Konvention über den Haufen warf. Der Plot: Mitten im Wilden Westen verpasst die siebzehnjährige Ann den Zug und stürzt sich ungeniert in Abenteuer, die eigentlich den Jungen vorbehalten waren. Sie begegnet einem sexy Indianer, reitet mit ihm in die Wüste, lernt das Leben der Apachen kennen. Als das Lager von Soldaten umzingelt wird, nimmt sie aktiv an den Kämpfen teil und hilft dem Chief, das Lager vor der Zerstörung zu bewahren. Allerdings entspricht der Schluss ganz dem damaligen Zeitgeist: Nach den vielen Abenteuern verlässt Ann ihren Indianer und kehrt brav zu ihrer Tante zurück. Heute würde sie natürlich mit dem hübschen jungen Mann zu neuen Abenteuern aufbrechen!

Wie dem auch sei, »Der rote Seidenschal« schlug wie eine Bombe in die behütete Welt der jungen Leserinnen ein. Lehrerinnen und Kritiker waren entsetzt. »Der rote Seidenschal« setzte den Mädchen einen Floh ins Ohr! Ein Lehrer empörte sich in der Tageszeitung: »Dieser Roman ist sittengefährdend. Solches hat als zutiefst verwerfliche Lektüre keinen Platz in einer Schulbibliothek.«

Heute, nahezu sechzig Jahre später, wird »Der rote Seidenschal« immer noch gelesen – allerdings nicht von verschämten Fünfzehnjährigen mit einer Taschenlampe unter der Decke, sondern von neun- bis zehnjährigen Jungen und Mädchen, die das Buch cool finden. Wie sich die Zeiten ändern!

Früher machte ich mir natürlich keine Gedanken darüber, wie wichtig die Freiheit in der Schriftform ist. In dieser Sache ist der Verzicht auf eine modische oder »politically« korrekte Sprache wesentlich, sowohl in der Narration als auch in den Dialogen. Das gilt auch für anspruchsvolle literarische Werke. Die schönste Sprache ist klassisch, die edelste – Poesie. Auf diese Weise mögen die Autorinnen und Autoren über alles schreiben. Ihre Texte können – und sollen – das Brutale, das Unerträgliche schildern. Die schlimmsten Dinge eben. Sie können ihren Protagonisten derbe, schamlose Worte in den Mund legen. Sie können eine Vergewaltigung oder einen Mord schildern (oder auch zwei oder drei!). Und sogar Pornografie.

Beherrschen die Schreibenden ihre Kunst, spricht aus ihren Worten Lebenserfahrung und Weisheit, und ist dazu noch die Sprache klassisch, ist es immer noch Literatur. Und oftmals sogar gute Literatur. Jedoch – mischen sich Dogmatiker ein, riskiert die ursprüngliche Aussage durch gezielte Beanstandung gewisser Beschreibungen oder Dialoge abgeschwächt zu werden.

Eine der heutigen Zeit angepasste oder verwässerte Sprache mildert oder tilgt den Realismus und die Grausamkeit einer Epoche. Der dadurch entstandene Verlust der Authentizität birgt die Gefahr eines kulturellen und historischen Revisionismus. Ein unrühmliches Gedankengut – rassistisch, antisemitisch oder was auch immer – mag infrage gestellt oder abgemildert werden. In der Filmproduktion desgleichen. Solcher Extremismus kann, in seiner schärfsten Form, die freie Meinungsäußerung unterbinden. Von der Antike bis in die heutige Zeit. Autokratie – gegenwärtig sogar in den Medien – führt unweigerlich zu Zensur. Der freie Gedanke muss getötet werden.

In der frühen Nazizeit (1933) gab es Bücherverbrennungen in verschiedenen deutschen Großstädten. Die Weltliteratur sollte vernichtet werden. Ebenso im revolutionären Iran. Noch geht es den Schreibenden selbst nur im Einzelfall an den Kragen. Aber in Zukunft, wer weiß? Die Spanische Inquisition, am Ende des Mittelalters, hat es den Zensoren ja vorgemacht. Schreibende sind gefürchtet und leben gefährlich. Schreibende beanspruchen die Freiheit, dauerhaft und hartnäckig auf die humanistische Gesinnung hinzuweisen, die – wie mir kürzlich eine junge Schriftstellerin sagte – »die einzige Kraft ist, die unsere Welt vor dem Schlimmsten bewahren kann«. Und es gibt genug Leute, die das um jeden Preis verhindern wollen.

Ich habe mich lange mit dieser jungen Frau unterhalten. Sie sagte auch: »Wir müssen vollkommen ehrlich schreiben. Das gilt auch für die Schilderungen in heutigen Krisengebieten. Die Menschen waren ja nie einheitlich denkende Geschöpfe.«

Wir waren uns vollkommen einig. Schreibende sollten stets ihre objektive Weltsicht bewahren. Sich blindlings dem Mainstream anzupassen, bedeutet nicht nur einen Persönlichkeitsverlust, sondern schadet den menschlichen Grundfreiheiten.

Meine Gesprächspartnerin hatte »Die neunte Sonne« gelesen, jenen Roman, der am wenigsten Erfolg hatte. Wir haben beide gelacht. Wahrscheinlich hat er die Leserinnen und Leser abgeschreckt. Die Geschichte spielt im Ersten Weltkrieg. Der junge Deutsche Alexander von Gersdorff kommt nach traumatischen Kriegserlebnissen in ein japanisches Internierungslager. Er wird vom Kommandanten Toyohisa Matsue adoptiert, identifiziert sich völlig mit der japanischen Kultur und kehrt nie wieder nach Deutschland zurück.

Im letzten Kapitel ist er alt und todkrank und trauert um seine japanische Frau, mit der er in seinem Delirium Gespräche führt. Es ist Neujahr. Seine Neffen kündigen ihren Besuch an. Alexander findet sich nicht mehr vorzeigbar. Um den Jugendlichen einen unwürdigen Anblick zu ersparen, wählt er den »Seppuku« den japanischen Selbstmord, hierzulande fälschlicherweise als »Harakiri« bekannt. Ich bringe hier die Sequenz in leicht gekürzter Form:

> *»Na, dann los, Alexander«, sagt Yae. »Komm schon! Toyohisa hat dir ja beigebracht, wie man das macht. Aber nimm bitte eine Unterlage aus Plastik. Es geht nicht, wenn du Flecken auf dem Boden machst.«*

Ich finde die Plastikfolie in der Kommode neben dem Schuhschrank und breite sie, so gut es geht, vor der Schiebetür aus. Der Anblick des winterlichen Gartens entspricht meiner Stimmung.
»Wasch dir die Hände«, sagt Yae. »Und zieh dir etwas Sauberes an. Ich will nicht, dass du verschwitzt zu mir kommst.«
Es gibt Regeln, die eingehalten werden müssen. Entscheidet man sich für eine Sache, soll man sie auch zu Ende bringen. Erschöpft verlasse ich das Badezimmer, gehe schwerfällig zum Ständer mit den beiden Schwertern. Ich nehme das Kurzschwert, prüfe die Klinge mit dem Daumen. Ausgezeichnet! Umständlich knie ich auf der Plastikfolie nieder.
»Achte darauf, dass du gleich beim ersten Mal die richtige Stelle erwischst«, ermahnt mich Yae. »Du bist nicht mehr kräftig genug, um es ein zweites Mal zu versuchen.«
Und da – im Licht der sinkenden Sonne, erscheint die schönste Frau der Welt. Sie trägt einen Kimono mit einem blaugoldenen Wellenmuster und Pflaumenblüten. Ihre Schärpe ist dunkelblau und violett, mit braunen Streifen. In ihrem Haar glänzt ein silbernes Schild, mit dem hineingravierten Wappen der neun Sonnen, und jede Sonne wirft einen blitzenden Strahl. Sie lächelt mit roten Lippen. Ihr Anblick ist eine Wohltat, ein Versprechen, eine Freude. Und ich schluchze vor Dankbarkeit, weil es wahr und wahrhaftig ist und mich nur noch einige Atemzüge von diesem Glück trennen. Ich ziehe den rechten Arm aus dem Ärmel meines Gewandes. Der Schnitt ist eigentlich ganz leicht. Ich werde es sofort schaffen.
»Komm jetzt, Alexander«, sagt Yae. »Mach schnell. Ich will nicht mehr länger warten!«

Et voilà! Es lebe die Freiheit. Und »Memento mori«.

Dunkelblau

Eine vom Erdbeben 2020 im Ägäischen Meer
inspirierte Geschichte.

Am 16. Oktober 2020 feierte Cyana ihren dreizehnten Geburtstag. Es gab eine Pistazientorte, und die Freundinnen brachten Geschenke. Am 30. Oktober ging die Welt unter.

Einige Minuten vor vierzehn Uhr bebte die Erde. Nur eine halbe Minute, aber eine halbe Minute kann eine Ewigkeit sein. Das Haus bewegte sich, aus den Wänden kamen knarrende und knirschende Geräusche, der Lüster schaukelte, und an der Decke klafften plötzlich Risse. Die Stuckatur löste sich, die Fensterscheiben zerbarsten, es regnete Glassplitter. Aber das Haus war sechzig Jahre alt und solide gebaut. Auch die Steinstufen, die in den kleinen Garten führten, blieben intakt. Beim ersten Stoß hatte Ariana – die Mutter – ihre vollkommen erstarrte Tochter gepackt und sie auf die Terrasse gezerrt.

Sie sahen die Häuser auf der anderen Straßenseite schwanken und in sich zusammenfallen. Sie sahen, wie Beton in dicken Blöcken auf die Straße krachte, wie fahrende Wagen sich in Blechhaufen verwandelten. Balkone lösten sich von den Fassaden, zerbarsten auf dem Asphalt.

Ein Schock folgte dem anderen, überall rumpelte und krachte es, menschliche Schreie mischten sich in das unheimliche Heulen von Hunden. Und plötzlich war es vorbei. Die Erde kam wieder zur Ruhe. Nur noch – von allen Seiten – Geschrei und Hilferufe, und irgendwo polterten Steine. Cyana, die an der Wand kauerte, wollte sich aufrichten. Doch Ariana hielt sie zurück.

»Warte!«

Sie glaubte, es würden Nachbeben einsetzen. Doch es kam etwas anderes. Das Epizentrum des Bebens lag im Meer, nur vierzehn Kilometer von der Insel Samos entfernt. Und auf einmal war der Himmel von Geschrei erfüllt. Schwärme von kreischenden Vögeln flogen landeinwärts. Aus der Ferne ertönte ein seltsames Rauschen. Ariana und ihre Tochter starrten auf die Bucht, wo das Meer langsam zurückflutete, sämtliche Schiffe und Boote mit sich ziehend. Und dann kam das Meer zurück, mit Schaumkronen, weiß glühend unter der Sonne. Die Wassermassen erreichten die Tripiti Beach, einen beliebten Aufenthaltsort von Touristen, schwappten über die Küstenstraße. Die Wellen rasten über Hotels und Campingplätze hinweg, spülten Trümmer und Leichen bis in die Obsthaine weiter oben an den Berghängen.

Später wurde bekannt, dass mehr als tausend Menschen ihr Leben verloren hatten – zahllose Verletzte kamen hinzu. Unter den Toten war auch Alexis – Cyanas Vater –, der heimwärts gefahren war auf einer Straße, die man in den Achtzigerjahren auf Pfeilern gebaut hatte. Die Pfeiler zerbrachen, rissen die Straße in die Tiefe.

Die Rettungsmannschaften kamen viele Stunden später, durchsuchten die Autotrümmer nach Lebenden. Alexis war unter dem Lenkrad eingeklemmt. Die spitzen Blechteile hatten sich in seinen Körper gebohrt wie Messer. Als Cyana und ihre Mutter ihn ein letztes Mal im Krankenhaus sehen konnten, atmete er noch. Ariana ergriff seine Hand. Er bewegte leicht die Finger. Und dann war es vorbei, und Ariana drückte ihm die Augen zu.

Cyana wusste, dass sich ihre Eltern sehr geliebt hatten. Am Abend nach dem Essen verbrachten sie oft viel Zeit auf der Terrasse. Sie tranken Wein, rauchten eine Zigarette, unterhielten sich halblaut und lachten viel. Fragte Cyana, worüber sie lachten, winkte die Mutter ab. »Ach, erzähl ich dir später.« Aber später hatte sie vergessen, was sie erzählen wollte. Und oftmals kam es vor, dass Cyana in der Nacht erwachte, und das Bett im Zimmer der Eltern knarrte. Sie hörte ihr Flüstern, ihr ersticktes Gelächter. Cyana wusste nicht, ob sie sich dabei glücklich oder unglücklich fühlen sollte. Sie nahm an, dass es eine Mischung von beidem war. Aber es gab ihr ein Gefühl der Geborgenheit.

Und jetzt war der Vater tot. Und die Mutter, die sich so gern in fröhliche Farben kleidete, die roten Lippenstift auflegte und sich die Wimpern tuschte, trug nur noch Schwarz. Ihr Gesicht war blass und eingefallen, und sie schien um Jahre gealtert.

Cyana ihrerseits hatte die furchtbaren Ereignisse nicht verkraftet. Albträume plagten sie. Und wenn sie schweißnass und schreiend erwachte, legte sich die Mutter zu ihr ins Bett, sprach leise Trostworte, streichelte sie, bis Cyana erschöpft wieder einschlief.

Inzwischen räumten Bagger die Trümmer weg. Kräne ragten hoch über die Dächer, Bohrmaschinen ratterten. Die Menschen setzten ihre Häuser instand oder bauten neue. Das

Haus, in dem Cyana und ihre Mutter wohnten, war nur leicht beschädigt. Der Besitzer kam und fragte Ariana, ob sie weiterhin hier wohnen wolle. Ariana wollte nicht umziehen. Es war eine schöne, geräumige Wohnung. Und diese Terrasse voller Erinnerungen! Der Besitzer ließ sich die Renovierung etwas kosten. Neue Stuckarbeiten, neue Fenster, neues Parkett. Cyana gefiel die elegante Wohnung, aber Ariana musste jetzt viel mehr Miete zahlen.

Vorher – bevor es geschah – gehörte Alexis zum Verwaltungsrat einer bedeutenden Firma. Und Ariana arbeitete in einer Agentur, die Ferienwohnungen vermittelte. Geld war immer genug vorhanden gewesen. Aber nun war Alexis tot, und die Agentur gab es nicht mehr. Ariana machte sich auf die Suche nach Arbeit. Es war schwierig, weil es viele Leute gab, die alles verloren hatten und sich in der gleichen Lage befanden. Inzwischen ging Cyana wieder zur Schule. Es war eine gute Schule. Und Cyana gehörte stets zu den Besten. Aber Ariana wusste nicht, woher sie in den kommenden Monaten das Schulgeld nehmen sollte. Der Tochter erzählte sie nichts von ihren Sorgen. Cyana hatte ohnehin einen Schock erlitten. Sie traf sich nicht mehr mit Freundinnen, sprach kaum etwas, wollte nichts essen. Ich muss Geduld haben, dachte Ariana, Cyana hat einen soliden Verstand. Es war nur eine Frage der Zeit. Aber das Schulgeld würde bald nicht mehr reichen. Und Ariana wollte um jeden Preis vermeiden, dass Cyana ihre Zukunft aufs Spiel setzte.

Endlich fand sie eine Stelle in einem Supermarkt. Ihr Lohn reichte knapp für die Miete und Cyanas Schulgeld. Ariana sollte eine orangerote Kittelschürze tragen.

»Was meinst du, Cyana? Die Uniform steht mir doch gut, oder?«

Sie drehte sich mit gespielter Fröhlichkeit vor dem Spiegel, als ob sie ein neues Kleid anprobierte. Cyana verzog nur verächtlich den Mund.

Sie verließ kaum noch das Haus. Nach den Schularbeiten saß sie im Wohnzimmer und las. Sie holte sich Bücher aus der Schulbibliothek. Ariana wollte wissen, was für Bücher sie las. Eines Tages, als Cyana in der Schule war, sah sie sich die Bücher an. Das Thema war immer Meeresbiologie.

Ariana erstarrte. Auf einmal kam ihr ein Gespräch zwischen Cyana und ihrem Vater in den Sinn.

»Was willst du später werden?«, hatte Alexis scherzhaft seine Tochter gefragt.

Cyana war damals zehn Jahre alt. Sie hatte einen Augenblick überlegt, bevor sie bedächtig Antwort gab.

»Ich will wissen, woraus das Wasser gemacht ist. Und warum Algen wie Gras auf dem Meeresgrund wachsen. Und auch, warum nicht nur Fische, sondern auch andere Tiere im Meer leben. Tiere, die man nur sehen kann, wenn man taucht. Dann kann man ganz nahe an sie heranschwimmen und sie beobachten.«

»Das nennt man Meeresbiologie, junge Dame«, hatte der Vater gesagt. »Und daraus könnte später ein interessanter Beruf für dich werden.«

Cyana hatte zufrieden genickt.

»Wenn ich groß bin, will ich so etwas machen.«

Und jetzt stand Ariana mit einem dieser Bücher in der Hand in Cyanas Zimmer, und Tränen liefen ihr über die Wangen. Vor der Katastrophe war Cyana eine hervorragende Schwimmerin gewesen. Sie hatte starke, durchtrainierte Muskeln und tauchte wagemutig, ohne Maske und Schnorchel. Einmal blieb sie so lange unter Wasser, dass die Eltern sie mit Vorwürfen empfingen.

»Du hast uns einen gehörigen Schrecken eingejagt! Mach das nicht noch mal!«, rief die Mutter, als Cyana ihnen selbstbewusst auf ihren Schwimmflossen entgegenstapfte.

»Aber da unten ist es so schön! Und morgens ist das Wasser grün und nachmittags dunkelblau.«

Alexis hatte sich lachend an Ariana gewandt: »Siehst du? Sie macht ihrem Namen alle Ehre!«

Cyana hatte Wasser in den Sand gespuckt.

»Genau. Ich heiße ja auch Dunkelblau.«

Die Eltern hatten einen lächelnden Blick getauscht. Cyana. Ein sehr schöner Name, der tausende Jahre alt war und »Dunkelblau« bedeutete. Und jetzt, mit Tränen in den Augen, dachte Ariana: Es ist ihr Schicksalsname!

Sie wusste, dass Cyana sich fürchtete. Nach dem Desaster hatte sich ihre Wahrnehmung geändert. Für sie war das Meer jetzt eine Welt unter der Welt, voller Ungeheuer und Gefahren. Und da halfen auch keine Bücher, so rational und wissenschaftlich sie auch geschrieben sein mochten.

Sie muss wieder zu sich selbst finden, dachte Ariana.

Und an diesem Tag, als ihre Tochter aus der Schule kam, sprach Ariana zu ihr in ruhigem, vernünftigem Ton: »Cyana, du siehst blass und müde aus. Warum gehst du eigentlich nicht schwimmen? Das würde dir guttun.«

Cyana zuckte zusammen.

»Nein, ich habe Angst.«

»Du bist doch früher so gern geschwommen.«

»Jetzt nicht mehr.«

»Du wolltest doch Meeresbiologin werden.«

Cyana schüttelte heftig den Kopf.

»Interessiert mich nicht mehr.«

»Und warum liest du denn die Bücher darüber, wenn sie dich nicht mehr interessieren?«

Cyana sah sie böse an, bevor sie wortlos in ihr Zimmer rannte. Sie knallte die Tür zu und drehte den Schlüssel. Ariana hörte, wie sie drinnen laut schluchzte.

An diesem Abend sprach Ariana nicht mehr davon. Doch sie ließ nicht locker. Und am nächsten Tag wurde ihre Stimme streng. »Cyana, ich bin von dir enttäuscht. Und was soll dein Vater denken, wenn seine Tochter ein Feigling ist?«

Cyana senkte den Kopf.

»Er lebt nicht mehr«, sagte sie dumpf.

»Ja, und woher willst du wissen, dass er dich nicht sieht? Und was er jetzt sehen könnte, würde ihm nicht gefallen. Du bist alt genug, um dir darüber Gedanken zu machen.«

Cyana schwieg und riss an ihrer Nagelhaut. Seit einiger Zeit kaute sie an ihren Nägeln.

»Lass das gefälligst«, sagte Ariana irritiert. »Du bist kein Kleinkind mehr.«

Cyana hob plötzlich den Kopf. Ihr Gesicht hatte einen verzweifelten Ausdruck.

»Ich ... ich weiß ja, dass Papi mich sieht. Manchmal spreche ich auch mit ihm. Er sagt, dass ich wieder schwimmen soll. Er sagt es immer wieder, wenn ich im Unterricht bin oder nachts im Bett. Und dann kann ich stundenlang nicht schlafen.«

»Da siehst du nur!«

»Aber ich habe Angst, dass es wieder passiert. Ich will nicht ertrinken!«

Ariana spürte, dass sich in Cyana etwas gelöst hatte.

»Und du sagst, dass du mit deinem Vater sprichst? Hat er dir nicht versprochen, dass es nicht noch einmal passieren wird?«

Cyana zögerte, bevor sie bejahend den Kopf senkte.

»Woher weißt du das?«

Ariana lächelte sie an.

»Dein Vater spricht eben nicht nur zu dir. So, und jetzt hol dein Schwimmzeug.«

Cyana schluckte würgend.

»Kommst du auch? Ich habe weniger Angst, wenn du dabei bist.«

»Ja, aber nur, wenn du versprichst, nicht mehr an deinen Nägeln zu kauen.«

Es war nicht weit bis zum Strand. Der Weg führte in Windungen zum Meer, zwischen Weinbergen, Olivenhainen und Maulbeerbäumen mit roten oder weißen Früchten hindurch. Ziegen grasten im Gestrüpp, und die Vögel sangen. Samos wurde nicht umsonst »die grüne Insel« genannt. Und allmählich kamen auch die Touristen wieder.

Cyana trug ihren Badeanzug unter dem Trainer. Die Mutter ging schnell. Cyana sah sie von der Seite an. Arianas Gesicht drückte eine fast wütende Entschlossenheit aus. Cyana fühlte sich schuldig und miserabel. Sie gingen an einigen Felsblöcken vorbei, größeren und kleineren. Alle waren glatt geschliffen. Die Wellen hatten sie vom Meeresboden gehoben und an den Strand geschleudert. An dieser Stelle hatte man damals eine große Anzahl Leichen geborgen. Um die Toten hatten sich die alten Leute gekümmert. Sie hatten die Leichen in Plastik gehüllt und in eine Reihe gelegt. Viele waren grausam verstümmelt. Cyana biss die Zähne zusammen. Nein, nicht daran denken! Schnell weg von hier! Sie zwang sich, mit der Mutter Schritt zu halten. Im Traum hatte sie ihrem Vater ein Versprechen gegeben. Sie hatte der Mutter nichts davon erzählt. Es war ihr Geheimnis.

Nach einer Weile kamen sie an eine Stelle, wo der Strand in sanftem Bogen zum Meer abfiel. Hier glänzten goldgelbe, unversehrte Dünen. Kein Mensch war weit und breit zu sehen.

»Los!«, rief Ariana. Sie setzte sich auf ihr rotblaues Strandtuch, und Cyana zog sich aus und reichte ihr den Trainer.

Wie sie gewachsen ist!, dachte Ariana, mit einer Mischung aus Stolz und Wehmut. Sie ließ ihre Tochter nicht aus den Augen, während diese sich mühsam in ihre Schwimmflossen zwängte. Die Schwimmflossen waren zu eng und eigentlich recht unbequem.

Ich muss neue haben, dachte Cyana unwillkürlich. Sie steckte ihr Haar hoch und stapfte dem Meer entgegen. Sie wusste, dass ihr Vater sie beobachtete. Ihr Vater sah alles. Und sie wollte sich auf keinen Fall vor ihm schämen müssen.

Kleine Wellen schwappten auf und ab mit leisem Plätschern, hinterließen fächerförmige Spuren auf dem Sand. Cyana drehte sich um und sah die Mutter, eine einsame Gestalt auf ihrem Strandtuch. Sie strahlte etwas Seltsames aus, etwas, das gleichsam gebieterisch und beschützend war. Cyana setzte die Taucherbrille auf, befestigte ungeschickt den Schnorchel. Sie fröstelte, als die Wellen ihre Beine umspülten. Sachte, sachte, nicht zu schnell … Vor ihr schimmerte das Wasser in allen Farben, wie in einem Aquarium. Und jenseits der Riffe war das tiefe Blau der Hochsee. Cyana verschränkte schlotternd die Arme. Noch einen Schritt … noch einen. Ihr Herz pochte wild. Los jetzt! Sie atmete tief durch, schaltete jeden Gedanken aus und ließ sich in das glitzernde Nass gleiten. Sie hatte die Bewegungen nicht verlernt. Im Gegenteil, sie hatte jetzt mehr Kraft! Sie schwamm abwechselnd mit nach vorn gestreckten Armen, die Hände übereinander, oder hielt sie entspannt am gestreckten Körper. Das durchsichtige Wasser wirbelte und gluckste.

Der sandige Boden war mit Algen und Seegras bewachsen und fiel sanft ab. Cyana kannte die Gewässer gut. Aber nun bemerkte sie den Abfall, der unter ihr auf dem Meeresboden verstreut war. Es mochten Reste von zertrümmerten Booten oder sogar Metallteile sein. Liegen Gegenstände lange unter Wasser, verwandeln Plankton und Mikroorganismen sie in seltsam geformte Massen. Cyana schwamm dicht unter der Oberfläche, schwebte über undefinierbare Dinge, die das Meer wie Geheimnisse hortete. Etwas weiter lag eine Seegraswiese. Kleine silberne Fische flitzten hin und her. Manchmal wuchsen die Gräser sehr hoch. Über Cyana bildete das Wasser ein grünes Kristalldach, auf das die Sonne ein wirres Spiel von Lichtreflexen warf. Die Luftblasen, die sie auslöste, gurgelten in ihren Ohren.

Von einer bestimmten Linie aus kamen Klippen in Sicht. An den schroffen Hängen klafften gefährliche Spalten. Cyana wusste, sie hatten etwas mit dem Erdbeben zu tun, das ganze Küstenteile unter Wasser gerissen hatte. Fast war es, als ob die Felswand noch einen gespenstischen Druck in sich bergen würde. Auch die Strömung hatte plötzlich zugenommen. Weg von hier, schnell weg! Mit einem kräftigen Schlag ihrer Flossen tauchte sie empor, als eine Welle ihren Kopf unter Wasser drückte.

Das Meer schloss sich über ihr. Cyana zappelte voller Entsetzen, ihre Bewegungen wurden unkontrolliert. Auf einmal konnte sie sich nicht mehr aufrichten und begann zu sinken. Sie hielt krampfhaft die Luft an, doch schon bald wurde es ihr eng um die Brust. Ihre Lungen brannten, seltsame Lichter flackerten vor ihren Augen. Plötzlich war ihr, als ob eine Stimme ihren Namen riefe: »Bleib ruhig, Cyana! Ganz ruhig. Überlass dich dem Wasser!«

Sie erkannte diese Stimme: Es war ihr Vater, der zu ihr sprach! Und statt weiterzukämpfen, ließ sie sich treiben, und das Wasser hob sie in die Höhe, trug sie empor. Sie tauchte aus den Wellen, holte gierig Luft, spürte, wie ihre Lungen wieder arbeiteten. Dann fiel sie erschöpft in das glitzernd aufspritzende Wasser zurück. Kleine Schaumbläschen platzten auf ihrer Haut. Das Pfeifen des Windes, das gemächliche Schmatzen der Wellen waren nun die einzigen Geräusche. Sie schwebte zwischen Blau und Blau – dem Blau des Meeres und dem Blau des Himmels –, behaglich wie einst in den Armen ihres Vaters, als er ihr das Schwimmen beibrachte. Er hatte ihr erzählt, dass Himmel und Wasser zusammenwirkten, dass Ebbe und Flut vom Mond abhingen und auch das Wachstum der Pflanzen. Und dass alle Menschen Naturwesen waren. »Wir wollen andere Planeten erforschen und kennen noch längst nicht alle Geheimnisse dieser Welt«, hatte er zu ihr gesagt. Damals hatte sie nicht begriffen, was er meinte. Jetzt endlich verstand sie.

Ich habe so viele Fragen, dachte Cyana. Wer kann mir diese Fragen beantworten? Wer denn, wenn nicht ich selbst?

Sie spürte, wie ihr banges Herz sich beruhigte. Ja, es war gut gewesen, dass sie sich wieder ins Meer gewagt, ihre Angst bezwungen hatte. Jetzt konnte sie weiterleben, ohne Furcht und mit neuer Zuversicht. Eine Welle trug sie hoch, und sie blickte zum Strand hinüber. Sie sah in der Ferne ihre Mutter, die sie erwartete. Cyana reckte sich aus dem Wasser empor, so weit sie konnte, hob triumphierend den Arm. Und sie sah, wie die Mutter zurückwinkte, bevor sie sich erhob und ihr mit dem rotblauen Strandtuch in der Hand entgegenkam. Da warf sie sich in die Wellen zurück, kraulte glücklich und entspannt der Küste entgegen.

Das Plagiat

Diese wahre Geschichte aus dem Jahr 2021 widme ich mit herzlichem Dank Christina und Barbara.

Ich schreibe schon so lange, dass mich in diesem Kontext eigentlich wenig überraschen kann. Lob oder Kritik, gute oder schlechte Rezensionen. Alles schon da gewesen. Und auf einmal geschah etwas Unerwartetes.

Ich hatte beschlossen, der Luzerner Bibliothek mein Archiv zu schenken. Im Laufe von fünfzig Jahren hatte sich recht viel angehäuft. Ich hatte das Ganze in großen Überseekoffern verstaut, die heute keiner mehr benutzt. Und jetzt stand ich ziemlich zerschlagen vor einem Berg von Unterlagen. Ach du liebe Zeit, was sollte die Bibliothek mit dieser Sammlung anfangen?

Wahllos begann ich, in den Unterlagen zu wühlen. Und entdeckte das Originalmanuskript vom »Roten Seidenschal«, von Hand in vier Schulhefte geschrieben. Dazu eine konfuse Sammlung von Kurzgeschichten und Gedichten. Damals hatte ich schon begonnen, einige dieser Kurzgeschichten, selbst illustriert, in einer Lokalzeitschrift zu veröffentlichen. Ich hatte ein paar Mode-Chroniken verfasst. Mode aus der Sicht einer Siebzehnjährigen, die hübsch angezogen sein wollte und über wenig Mittel verfügte. Es waren die Nachkriegsjahre, wer hatte schon Geld? »Der rote Seidenschal«, möchte ich gleich betonen, hatte mir nur ein Taschengeld eingebracht.

Es war auch die Zeit, als ich in Belgien von der Schule flog, weil ich frech war, und als freie Hörerin an der Universität von Lüttich zugelassen wurde. Einfach so, weil mein Name und mein Bild in der Zeitung zu sehen waren. Damals war das möglich, es waren andere Zeiten. Und ich hatte gerade ein Buch veröffentlicht und war dabei, ein zweites zu schreiben. Konkret: Ich durfte an Vorlesungen teilnehmen, von denen ich – zumindest am Anfang – viel zu verstehen glaubte, ehrlich gesagt aber sehr wenig verstand. Aber das ist eine andere Geschichte.

Na ja, ich schrieb auch Gedichte, die im monatlichen Heft der Literarischen Gesellschaft und in anderen Zeitungen veröffentlicht wurden. Gedichte, von denen ich rückblickend sagen kann, dass sie gar nicht so übel waren. Ich schrieb sie mit der Schreibmaschine meines Vaters, bevor sie gedruckt wurden. Und eines dieser Gedichte, offenbar aus dem Heft der Literarischen Gesellschaft, auch mit Schreibmaschine geschrieben, versetzte mich in Erstaunen. Es zeigte eine Vorahnung der Ereignisse, die den heutigen Menschen mit Sorge erfüllen: die Abholzung der Wälder, die Ausbeutung der Ozeane, die Pandemie …

Oh, là, là, dachte ich fassungslos und voller Eigenlob, was war ich doch für ein Genie!

Nun ergab es sich, dass ich Tage später eine Vorlesung in Luzern hielt. Nachdem ich aus meinem letzten Buch gelesen hatte und die Diskussion mit dem Publikum begann, sagte ich – so ungefähr –, ich sei über meine eigene frühe Klarsicht überrascht, und las das Gedicht vor.

Große Bewunderung. Die Lesung wurde ein Erfolg.

Ja, und ein paar Tage später rief mich der Organisator an. Er war ein bisschen verlegen. Zwei Damen hätten sich gemeldet und ihn wissen lassen, dass das Gedicht gar nicht von mir sei, sondern von Jörg Zink, einem bekannten deutschen Theologen, 2016 mit 93 Jahren verstorben.

Hä? Prachtvolle Bauchlandung. Ein Theologe! Deswegen auch der dramatisch prophetische Ton: »Die letzten sieben Tage der Erde«.

Ja, und wie kam es, dass ein Gedicht, das ich nicht verfasst hatte, in meinen Unterlagen gelandet war? Ein halbes Jahrhundert war vergangen. Wie sollte ich der Sache, die mir keine Ruhe ließ, auf die Spur kommen? Ich wühlte verbissen in Kurzgeschichten und Gedichten, bis mir ein Licht aufging: Ich hatte das Gedicht abgeschrieben, weil ich es so gut fand! Aha. Und war es denkbar, dass dieses Gedicht nicht in dem monatlichen Literaturheft meiner Jugend erschienen war, sondern später und in einer ganz anderen Zeitschrift? Ich hielt eine gedruckte Seite in der Hand. Aber woher kam sie? Aus welcher Publikation? Das konnte ich beim besten Willen nicht herausfinden. Ich schwankte zwischen Gelächter und Betroffenheit. Ein Plagiat, wie peinlich!

Ja, und was nun? Die beiden Damen hatten recht, und ich war ein Trottel. Irgendwas musste ich unternehmen. Ich bat den Organisator, mir die Koordinaten der zwei Frauen zu geben, und rief an. Wir verabredeten uns in einer Luzerner Konditorei. Wir bestellten Kuchen mit Schlagsahne – Vermicelles für mich – und unterhielten uns. Ich wunderte mich, dass der Verfasser des Gedichtes noch nicht vergessen war. Doch, er war beiden Damen durchaus vertraut. Schließlich war er 93 Jahre alt geworden und hatte ausreichend Zeit gehabt, alle möglichen Bücher und Berichte zu publizieren.

Nachdem wir das geklärt hatten, bestellten wir einen zweiten Kaffee. Wir redeten über alles Mögliche und lachten viel. Um es kurz zu machen: Wir teilen die gleichen Ansichten und stehen noch heute in Verbindung.

Seitdem habe ich oft darüber nachgedacht, was geschehen wäre, hätte ich mich beleidigt aufs hohe Ross geschwungen. Die Beweise unter meiner Nase entgegen jeder Logik beanstandet. Oder unfähig gewesen wäre, über mich selbst zu lachen. Tja, dann hätte ich mich nicht wundern müssen, wenn ich eine wertvolle menschliche Begegnung verpasst hätte. Die beiden Damen ihrerseits hatten Fairness, Verständnis und Sinn für Humor gezeigt. Und sie waren wie ich der Meinung, dass Ehrlichkeit und Entgegenkommen die menschlichen Beziehungen prägen sollten. Wir schlossen einen Pakt der Zuneigung und der Freundschaft, ungemein wertvoll in dieser Zeit der Angst, der Anmaßung und der Rechthaberei.

Weihnachten im Flughafen

Erschien erstmals 2016 in der »Schweizer Familie« als Weihnachtsgeschichte und wurde 2017 als CD für die Schweizerische Bibliothek für Blinde, Seh- und Lesebehinderte (SBS) aufgenommen.

Weihnachten ist eine ungünstige Reisezeit in Europa. Man hatte Fumiko Nakamura gewarnt. Aber ihre französische Freundin Aline hatte kürzlich ihren Mann verloren und fühlte sich in diesem Winter gar nicht gut: Schmerzen in den Knien, Schwindelanfälle. Dazu war ihr Geburtstag ausgerechnet am 25. Dezember. Fumiko kannte die Einsamkeit, auch ihr Mann war tot. Ihre beiden erwachsenen Töchter hatten kaum Zeit für sie. Sie hatte der Freundin versprochen: »Ich komme!«

Die Flugverbindungen waren schlecht. Reisegruppen belegten alle Plätze. Schließlich fand Fumiko einen Direktflug Tokio–Zürich mit einem Anschlussflug nach Paris noch am gleichen Abend.

Für eine altmodische Japanerin wäre es unhöflich gewesen, am Geburtstag der Freundin in Alltagskleidung zu erscheinen. Fumiko reiste also im Kimono. Die Farben waren unauffällig, aber die elegante Seide hielt jede Strapaze aus. Dazu trug Fumiko einen »Haori«, eine Manteljacke aus Wollstoff, und einen selbst gehäkelten Schal.

Trotz Schneefall landete das Flugzeug pünktlich in Zürich; Fumiko hoffte, dass ihr kleiner Koffer auf Rädern mit dem Geschenk für die Freundin im Transit nach Paris nicht verloren ging. Sie fand sich auch gut in den Flughafenhallen zurecht – eine kleine, stille Japanerin inmitten hektischer Menschen, alle vollbepackt mit Koffern, Taschen und Sportausrüstungen. Heiligabend: Man war reizbar und nervös, die Kinder stritten sich mit Geschrei oder spielten überdreht Fangen. Die Maschine nach Paris war noch nicht eingetroffen. Fumiko hatte sich ein Handy für Europa besorgt und teilte der Freundin mit, dass es spät werden konnte. Wie spät? Fumiko wusste es nicht. Aline sollte sich nicht sorgen, sie würde ein Taxi nehmen.

Die Zeit verging. Fumiko wartete geduldig. Der Anblick der Reisenden, die wegen der Verspätung wütend wurden und sich lautstark beschwerten, berührte sie nicht. Sie döste ein wenig und schreckte auf, als nach zwei Stunden über Lautsprecher verkündet wurde, dass der Flug nach Paris ausfallen würde: Ein Schneesturm tobte über die Gegend, machte eine Landung unmöglich. Das Flugzeug konnte erst frühmorgens um sechs starten. Die Passagiere wurden gebeten, sich am Schalter ihrer Fluggesellschaft einzufinden, von wo sie ein Bus zu einem Hotel bringen würde. Fumiko verstand recht gut Englisch, war aber ein wenig schwerhörig, und in der allgemeinen Hektik verpasste sie einen Teil der Durchsage. Schließlich machte sie sich in einer Welt aus vorbeihastenden Gesichtern auf den Weg. Dabei fiel ihr ein kleiner, blonder Junge auf, der, wartend auf einem Ledersitz, eine goldgelbe Rose in der Hand hielt.

Hübsch, dachte Fumiko. Sie lächelte gerührt und kniff die Augen zusammen. Was suchte sie eigentlich? Ach ja, den Schalter! Doch als sie ihn endlich gefunden hatte, war der Schalter geschlossen und alle Passagiere bereits weg.

Inzwischen war elf Uhr vorbei. Die Flughafenhalle leerte sich rasch, auch bei der Hotel-Auskunft arbeitete niemand mehr. Die letzten Angestellten schleppten Eimer und Besen aus den Toiletten. Bald verklangen auch die letzten eiligen Schritte; nur noch Weihnachtsmusik rieselte durch die Lautsprecher. Das Gebäude mit den gläsernen Wänden schien plötzlich riesengroß und düster. Draußen, im Schneegestöber, waren die Umrisse der Flugzeuge fast nicht mehr zu erkennen. Was nun? Als einziges Gepäck hatte Fumiko ihre kleine Handtasche bei sich. Sie rief ein zweites Mal die Freundin an, erzählte von ihrem Missgeschick.

»Wo verbringst du denn nun die Nacht?«, rief Aline erschrocken.

»Ach, hier am Flughafen. Es macht mir nichts aus. Diese paar Stunden!«

Da trat auch schon ein Sicherheitsbeamter auf sie zu, überprüfte ihren Flugschein und fragte, ob er helfen könne. Fumiko dankte verbindlich. Sie habe alles, was sie brauche: Kaffee- und Sandwich-Automaten, Toilette. Es war ja auch schon bald Mitternacht, und ihr Flug ging um sechs.

»Na, frohe Weihnachten trotzdem!«, wünschte ihr der Beamte mit skeptischer Miene, bevor er sich entfernte.

In diesem Augenblick erblickte Fumiko den blonden Jungen mit der Rose, der nach wie vor an der gleichen Stelle saß. Reisten Kinder unbegleitet, wurden sie doch dem Bodenpersonal anvertraut. Offenbar war der kleine Junge verloren gegangen. Keiner der vielen Reisenden hatte sich um den Kleinen gekümmert, von dem Beamten ganz zu schweigen. Fumiko war verärgert: Wirklich, jeder dachte nur an sich selbst! Die Zeitverschiebung machte Fumiko duselig. Sie hatte zu wenig geschlafen, ihre Augen waren verklebt, sodass sie den Kleinen nur verschwommen sah. Doch ihr weiches Herz füllte sich mit Mitleid. Armes Kind! So ganz allein, und um diese Zeit! Sie trat näher und bemerkte, dass er einen weißen Pullover mit Rentiermuster trug. Dazu eine Art Schlafanzughose. Seine nackten Füße steckten in abgenutzten Holzsandalen. Fumiko lächelte warm und setzte sich neben ihn. Sie wollte den Kleinen nicht allein lassen. Er lächelte unbefangen zurück.

»Würden Sie mir bitte einen Gefallen tun?«

Müde, wie sie war, wusste Fumiko nicht recht, in welcher Sprache er zu ihr gesprochen hatte. Jedenfalls verstand sie ihn.

»Ja, was möchtest du denn?«

»Ich hätte gerne ein Stückchen Schokolade.«

»Oh, das kann ich dir geben!«

In der Transitzone war kein Geschäft mehr offen, aber Fumiko hatte noch Schokolade, die man ihr im Flugzeug angeboten hatte.

»Danke schön«, sagte der kleine Junge glücklich. Er ließ die Schokolade im Mund zergehen.

»Milchschokolade, die mag ich am liebsten!«

»Wie heißt du denn?«, fragte Fumiko.

Der kleine Junge nannte seinen Namen, aber Fumiko verstand ihn nicht. Doch sie war zu taktvoll, um den Jungen zu bitten, ihn zu wiederholen, und erkundigte sich nur: »Wissen deine Eltern, dass du hier bist?«

Der Junge machte ein bejahendes Zeichen.

»An und für sich wissen sie immer, wo ich gerade bin.«

»Soll ich dir mein Handy leihen? Möchtest du sie anrufen?«

»Danke, das wird nicht nötig sein«, erwiderte der Kleine höflich.

»Was ist geschehen?«, fragte Fumiko. »Warum sitzt du immer noch hier?«

»Eigentlich sollte ich abgeholt werden. Aber es schneit zu stark. Ich muss noch Geduld haben.«

»Das muss ich auch, obwohl es mir schwerfällt«, sagte Fumiko. »Ich besuche eine kranke Freundin, die morgen Geburtstag hat. Bin ich nicht bei ihr, wird sie traurig sein.«

Der kleine Junge nickte, als ob er das längst wüsste. Ein Gedanke, den Fumiko ziemlich absurd fand.

»Sie werden rechtzeitig bei ihr sein«, meinte der Junge.

»Ich habe ihr einen schönen Schal mitgebracht. Pflaumenblau und türkis. Hoffentlich geht mein Koffer nicht verloren.«

»Bestimmt nicht.«

»Dein Wort in Gottes Ohr!«, seufzte Fumiko.

Er blinzelte mit beiden Augen gleichzeitig.

»Kein Problem, ist schon erledigt!«

Am Ende war der Kleine doch etwas vorlaut. Aber das kam bei intelligenten Kindern gelegentlich vor. Gut erzogen war er jedenfalls. Fumiko lächelte.

»Es hört sich an, als ob du das ganz genau wüsstest.«

»Zu Weihnachten verteile ich immer Geschenke«, antwortete der kleine Junge.

»An andere Kinder?«

Der Junge spielte mit der Rose in seiner Hand.

»Manchmal auch an Erwachsene. Wenn sie es verdienen.«

»O ja«, sagte Fumiko, »Erwachsene sind nicht immer nett.«

Fumiko und der kleine Junge nickten vor sich hin. Sie verstanden sich bestens. Dann lächelte Fumiko.

»Dein Pullover ist übrigens sehr schön. Auch ein Geschenk?«

»Den hat meine Mutter für mich gestrickt.«

Fumiko deutete auf das blaue Strickmuster.

»Und die Rentiere? Magst du die besonders?«

»Im Grunde liebe ich alle Tiere«, sagte der kleine Junge. »Aber im Winter, wenn hoher Schnee liegt, sind Rentiere einfach die besten.«

Fumiko blickte auf seine Sandalen, die recht abgenutzt wirkten.

»Frierst du nicht?«

Der Kleine schüttelte den Kopf.

»Ich trage nicht gern Schuhe. Ich hatte Wunden an den Füßen. Da, siehst du die Narben?«

»Oh«, rief Fumiko betroffen, »die sehen aber schlimm aus! Sag, hast du noch Schmerzen?«

»Eigentlich nur, wenn ich Schuhe trage.«

»Und die Kälte?«

Er lachte.

»Nein, die macht mir überhaupt nichts aus.«

»Du bist wirklich ein mutiger kleiner Junge«, sagte Fumiko.

Er verzog das Gesicht.

»Es kommt vor, dass ich große Angst habe.«

Fumiko seufzte.

»Ja, die Menschen können sehr böse sein.«

Der kleine Junge zog die Stirn kraus.

»Böse? Ach, ich weiß nicht. Vielleicht denken sie nicht genug darüber nach, was sie tun. Sie machen immer wieder die gleichen Fehler.«

Der Kleine war zehn oder elf Jahre alt und wirklich sehr reif für sein Alter. Fumiko hatte den Eindruck, dass ein Erwachsener zu ihr sprach. Unwillkürlich verfiel sie in Gedanken. Ja, die Menschen wollten den Frieden, und es gab keinen einzigen Tag ohne Krieg. Sie bewohnten einen wunderschönen Planeten, aber sie zerstörten die Natur. Und die Natur rächte sich.

Sie dachte an die Ortschaft Fukushima, die Heimat ihrer glücklichen Kindheit. Sie erinnerte sich an die gepflegten Straßen, die alten Holz- oder Backsteinhäuser, die einlaufenden Boote und die am Strand trocknenden Netze.

Sie sah das Städtchen, wie sie es früher gesehen hatte, geschmückt mit Gärten und rosa Kirschblüten. Nichts war davon übrig geblieben, nichts, nur Ruinen und Trauer. Fumiko hörte noch das Donnergrollen, als die Erde bebte. Sie sah die Riesenwellen, die über die Küste fegten, Schiffe in die Tiefe rissen und das Atomkraftwerk beschädigten. Viele Tausende starben. Fumiko kam mit dem Leben davon, musste aber Verwandte und Freunde beweinen. Jetzt waren Luft und Erde verseucht und Fukushima für Jahrhunderte unbewohnbar. Leider hatten die Menschen kaum etwas dazugelernt. Sie dachten weiterhin nur an Geld und Profit. Neue Atomkraftwerke wurden gebaut, Wälder abgeholzt. Der Lauf der Flüsse wurde verändert, die letzten wilden Tiere umgebracht …

Immer noch in Gedanken, hörte Fumiko plötzlich neben sich die Stimme des kleinen Jungen: »Irgendwann werden die Menschen einsehen, was sie falsch machen. Aber sie brauchen noch Zeit. Unendlich viel Zeit.«

Fumiko sah ihn erstaunt an. Wieso konnte der Kleine wissen, woran sie gerade dachte?

»Wird es dann nicht zu spät sein?«, fragte sie.

»Das denke ich manchmal auch. Aber wir dürfen die Hoffnung nie aufgeben. Sonst wäre ja alles umsonst gewesen.«

Fumiko verstand nicht ganz, was er meinte. Der kleine Junge sah plötzlich sehr traurig aus. Vielleicht war er nur müde.

»Willst du nicht ein wenig schlafen?«, fragte Fumiko. »Leg deinen Kopf ruhig in meinen Schoss, wenn du willst, das ist bequemer.«

»Eigentlich möchte ich das sehr gerne«, sagte der kleine Junge, »aber ich werde ja bald abgeholt. Aber Sie, Sie können jetzt ruhig schlafen. Ich passe schon auf Sie auf.«

Fumiko war bewegt, dass er so was Nettes, wenn auch vollkommen Abwegiges sagte.

»Du bist wirklich lieb. Aber nein, ich möchte wach bleiben. Warte, ich habe eine Idee!« Sie klaubte ein paar Münzen aus ihrer kleinen Geldbörse und deutete auf den Automaten ganz in der Nähe. »Ich hole uns jetzt einen Milchkaffee.«

Der Junge nickte freudig.

»Ja, ein Milchkaffee wäre schön!«

Fumiko kam mit zwei Pappbechern zurück. Der kleine Junge bedankte sich und schlürfte glücklich das heiße Getränk. Um den Becher mit beiden Händen zu halten, hatte er die Rose auf den Sitz neben sich gelegt. Fumiko sah jetzt, dass er auch Narben in den Handflächen hatte. Aber sie stellte keine Fragen mehr; sie wollte den Kleinen, der so zutraulich war, nicht mit Erinnerungen an böse Ereignisse belasten.

»Deine Rose ist sehr schön«, sagte sie stattdessen. »Und sie hat keine Dornen.«

Der kleine Junge sah auf.

»Ich mag Dornen nicht.«

»Hast du dich schon mal an Dornen gestochen?«

»O ja, und die tun sehr weh.«

In diesem Augenblick glaubte Fumiko den Klang kleiner Glöckchen zu hören. Sie lauschte verwundert, weil der Klang von draußen kam und die Scheiben ja schalldicht waren. Der kleine Junge sprang auf.

»Ich muss gehen«, rief er, »ich habe noch viel vor! Und – vielen Dank für alles!«

Er lief auf die geschlossenen Glastüren zu. Fumiko sah, dass er die Rose vergessen hatte. Sie richtete sich schwerfällig auf, lief mit der Rose in der Hand hinter ihm her.

»Warte, Kleiner, warte! Du hast deine Blume vergessen.«

»Schenken Sie die Rose Ihrer Freundin!«, rief ihr der kleine Junge über seine Schulter hinweg zu. Er bewegte zum Abschied die Hand, die Glastüren öffneten sich vor ihm.

Er war schon draußen, als Fumiko mit der Nase an die Scheibe stieß. Was war jetzt los? Warum gingen die Türen nicht auf? Fumiko spähte durch das Glas, sah zwei dunkle Spuren im Schnee und hörte den Klang sich entfernender Glöckchen. Einen Atemzug lang glaubte sie das Aufleuchten blonder Haare zu sehen und den Schatten eines Schlittens, der gerade um die Ecke bog. Und dann war alles still.

Fumiko schlurfte verwirrt und müde zu ihrem Platz zurück. Sie bezweifelte plötzlich, den kleinen Jungen überhaupt gesehen zu haben. Wahrscheinlich hatte sie geträumt, mit offenen Augen geträumt. Aber woher kam die Rose in ihrer Hand, die so wunderbar duftete? Fumiko schüttelte verständnislos den Kopf. Sie legte die Rose behutsam auf den Sitz neben sich, wickelte sich den Schal um ihre dünnen Schultern und schlief ein.

Am nächsten Morgen um sechs bestieg Fumiko das Flugzeug nach Paris. Ihr kleiner Koffer war nicht verloren gegangen. Sie überbrachte der Freundin den japanischen Schal und die prachtvoll erblühte Rose. Sie erzählte von der seltsamen Begegnung im Transit, für die auch Aline keine Erklärung fand.

Fumiko blieb zehn Tage in Paris. Aline hatte keine Schmerzen mehr in den Knien, und die beiden alten Damen unternahmen gemeinsam viel Schönes. Die Freundin hatte die Rose in eine Vase gestellt, wo sie unverändert frisch und duftend blieb und erst zwölf Jahre später, an Alines Todestag, verblasste und zu welken begann.

Tausendundeine Nacht

Dieser leicht überarbeitete Text erschien 2012
als Vorwort in »Märchen aus 1001 Nacht«
im Arena Verlag.

Es wird berichtet, dass Schahrirar, einst König im persischen Samarkand, von seiner innig geliebten Frau betrogen wurde. Er lässt die Frau und ihren Liebhaber hinrichten und rächt sich nachhaltig und in grausamer Weise, indem er jeden Tag ein neues junges Mädchen heiratet und es am nächsten Morgen dem Henker ausliefert.

Nach drei Jahren gibt es kaum noch Mädchen im Land, die Eltern halten ihre Töchter versteckt, und der König wird von seinem Volk verflucht. Da greift Scheherazade ein. Sie ist die Tochter des Wesirs, sie ist bildschön, hochgebildet, klug. Sie bittet ihren Vater, sie zum König zu bringen. Sie will sich opfern, dem sinnlosen Morden ein Ende bereiten. Die verzweifelten Eltern trauern bereits um ihre Tochter, doch Scheherazade hat einen Plan, von dem nur die jüngere Schwester Dinazarde weiß, die am Hochzeitstag kaum von ihrer Seite weicht.

Man darf sich vorstellen, wie sie der Braut das Haar richtet, die Schminke aufträgt. Nach dem glanzvollen Fest, als die

Brautleute sich zurückziehen, bittet Scheherazade den König um eine letzte Gunst: ob auch ihre Schwester die Hochzeitskammer betreten dürfe, damit sie von ihr Abschied nehmen könne. Ungeduldig gibt der König die Erlaubnis.

Dinazarde erscheint, weinend. Scheherazade umarmt sie, spricht zärtlich zu ihr. »Ach, wozu die vielen Tränen? Noch ist es finstere Nacht, noch Zeit für ein Märchen, vielleicht, um diesen heftigen Schmerz zu trösten?« Der König ist belustigt. Wahrhaftig, das ist neu!

Scheherazade beginnt zu erzählen. So spannend, so mitreißend ist die Geschichte, dass Dinazarde ihre Tränen trocknet und Schahrirar das Fortschreiten der Nacht nicht beachtet. Schon geht die Sonne auf: Der König muss seinen Staatsgeschäften nachgehen. Der Henker bringt das Beil, der König schickt ihn weg! Er ist von Scheherazades Erzählkunst gepackt und verzaubert. Er will mehr hören. Und so wird, während tausend Nächten, Scheherazades Hinrichtung hinausgezögert.

Scheherazade, die jeden Morgen getötet werden soll, ist eine Figur, die Weltruhm erlangte, die unzählige Fantasien entflammte, Sehnsüchte weckte, Maler und Komponisten inspirierte. Sie ist die exotische Prinzessin, mit all ihrer Magie. Und gleichzeitig nur eine Traumgestalt, die wohl niemals existiert hat. Scheherazade bewegt sich in einem Zwiespalt: Als Orientalin ist sie der Tradition, der männlichen Willkür, ausgeliefert. Sie darf nur im beschränkten Rahmen handeln. Gleichwohl überwindet ihr Geist alle Hindernisse, wandert frei durch Raum und Zeit. Denn die Geschichten, mit denen sie den König Nacht für Nacht unterhält (und so gleichzeitig ihr Leben verlängert), spielen nicht nur in verschiedenen Ländern, sondern auch in verschiedenen Zeitepochen. Tatsächlich wirkt Scheherazade als Trägerin und Vermittlerin einer mündlichen Erzählkunst, die uralt ist.

Ursprünglich sollen diese Erzählungen aus Indien stammen, von dort aus gelangten sie über Persien nach Bagdad zum arabischen Kalifat, dann nach Syrien, Ägypten und schließlich auch nach Europa, während Reisende, die auf der Seidenstraße wanderten, ihren Schatz aus Geschichten in den Fernen Osten trugen. Die Blütezeit der Oralliteratur überdauerte Jahrhunderte. Sagen, Mythen und Märchen übertrugen sich vom Gelehrten zum Schüler, von den Großeltern zu den Enkeln, von der Nachbarin zum Nachbarn. Ein gewaltiges Zeitgeschehen breitet sich aus wie ein magischer Teppich. Die Weber sind die Erzähler, die den Geschichten die Farben ihrer eigenen Seelen hinzufügen und den Märchenteppich fortwährend mit neuen, üppigen Motiven schmücken.

Das großartige Erzählgut, das ein glanzvolles Bild der damaligen Zeit und manchen wertvollen Einblick in Leben und Denken der orientalischen Völker vermittelt, liefert noch heute ein wesentliches historisches Material. Denn die Geschichten zeigen keine Welt fern der Wirklichkeit, sondern die Alltagswelt des Orients. Auf diese Weise werden Ziegenhirten und Kameltreiber, Händler und Fischer, Musikanten und Räuber ebenso lebendig wie Prinzen und Prinzessinnen. In jeder Erzählung wird ein besonderer Charakter beschrieben: der Dummkopf, der Erbschleicher, die umsichtige Mutter, der weise Herrscher, der faule Sohn, die kluge Magd. Magier und gute oder böse Geister treiben die Handlung voran, während Wüsten und Meere, Paläste und Bazare dem Geschehen einen wechselvollen Rahmen geben. Berge und Schluchten sind bevölkert von Fabelwesen, die den Reisenden den Zugang zur Unterwelt öffnen. Grotten und verschüttete Paläste bergen

Gold und Edelsteine. Der gute Mensch betritt die Stätte unversehrt, kehrt beladen mit Reichtümern zurück, der Habgierige wird grausam bestraft.

Wer ein arabisches Land bereist hat, hat gewiss erlebt, wie volkstümliche Erzähler es noch heute verstehen, die Zuhörer in ihren Bann zu ziehen. Sie tragen die Geschichten wie Schauspieler vor, bringen mit Gesten und Mienenspiel die Spannung zum Höhepunkt. Um sie herum sitzen oder stehen Erwachsene und Kinder, bilden ehrfürchtig lauschend einen Kreis. Ursprünglich dienten die Erzählungen zur Belehrung des Volkes. Denn jede Fabel enthält eine Moral, die sich an das Gewissen der Zuhörer richtet.

Verschiedene Geschichten erzählen von Seefahrten, denen wirtschaftlich eine hohe Bedeutung zukam. Oder auch vom König, der sich verkleidet unter das Volk mischt, um dessen Bedürfnisse besser zu erkennen. Diese Figur eines Idealherrschers stammt vermutlich noch aus der Zeit, da der Orient aus kleinen Fürstentümern bestand und der König nur der Hirte des Volkes war. Die Grausamkeit der Herrscher wird zwar akzeptiert, ihre territorialen Ansprüche anerkannt, doch die höchste Tugend eines Kalifen ist immer die Weisheit. Und in allen Märchen leuchtet die Farbenpracht des kultivierten Orients, wenn auch das Grausame, Finstere und Dämonische detailreich beschworen wird.

Bereits im frühen Mittelalter waren einige dieser Motive im europäischen Sprachraum bekannt. Doch erst der Franzose Antoine Galland, der im 17. Jahrhundert Syrien bereiste, sammelte die Erzählungen und übersetzte sie ins Französische. Seine zwölfbändige Ausgabe, die er laufend ergänzte, erschien von 1704 bis 1717 und wurde in belesenen Kreisen begeistert aufgenommen. Doch erst eine für alle erschwingliche Ausgabe machte aus den Geschichten ein Buch zum Vorlesen für die ganze Familie. Alle, auch die Kinder, fühlen sich berührt, denn es ist keine Welt des Intellekts, die sich in diesen Erzählungen auftut, sondern eine Welt, die auf Teilnahme und Einfühlung beruht. Unwissenheit, Staunen, Schrecken vor den Geheimnissen und Mächten der Natur und des Schicksals sind ebenso Teil des Geschehens wie lustige Lügengespinste, religiöse Ehrfurcht, Romantik und Liebe oder Schelmenstreiche.

Jeder Mensch braucht diese Welt, um sich selbst kennen zu lernen. In den Märchen vollzieht sich ein Stück Wirklichkeitsbewältigung: Die Helden trotzen jeder Menge Gefahren, erlangen durch Irrwege und Versuchungen hindurch Erfahrung und Weisheit. Kein Wunder, dass Hans Christian Andersen oder Charles Dickens sich von ihnen inspirieren ließen! Manche Themen – das Tischlein-deck-dich-Motiv zum Beispiel – stammen eindeutig aus »Tausendundeiner Nacht«, ebenso wie die Erzählungen über hilfreiche Geister, die den Menschen zu Diensten stehen. Jedem Kind sind »Aladin und die Wunderlampe«, »Ali Baba und die vierzig Räuber« vertraut – nicht zuletzt aus ihrer Umsetzung durch Hollywoods Zeichentrickfilme. Die Kinder fiebern mit, doch sie kennen die Spielregeln: Keine Angst – der listenreiche junge Held wird den Menschenfresser besiegen, mit der Schlangenkönigin Zwiesprache halten, die entführte Prinzessin befreien und mit ihr auf dem fliegenden Pferd über Berg und Tal reiten!

Scheherazade erzählt, und ihre Geschichten reißen alle Wände nieder. Sie bindet den König mit Worten, die sich wie Fesseln um sein hartes Herz legen. Und in der tausendundersten Nacht, als Scheherazade keine Geschichte mehr zu erzählen weiß, gesteht ihr Schahrirar seine Liebe. Scheherazade hat sich selbst gerettet, einen brutalen Despoten in einen guten König verwandelt, dem nichts vom menschlichen Herzen mehr fremd ist.

Scheherazade kannte die Macht der Worte, hat sie weise und weitherzig eingesetzt. Solche Worte aber, die sich wie Spinnweben über die ganze Erde ziehen, können auch zu Waffen werden, über Freiheit, Leben oder Tod entscheiden. Heute hat sich der Orient größtenteils verändert. Doch die Mauern der alten Traditionen stehen noch. Manche sehen es ungern, dass Frauen sich der Macht der Worte bedienen. Sie verweigern den Mädchen jede Bildung, weil sie darin eine Gefahr für ihre Herrschsucht wittern. Denn was, wenn im Märchen der König seine Tochter dem Prinzen zur Frau gibt, und diese Nein sagt? Ja, was dann? Dann würde Scheherazade noch einmal – tausend Nächte lang – Geschichten erzählen. Ganz andere Geschichten. Und in der zweitausendundersten Nacht hätte sie die Welt verwandelt.

Schokolade

Dieser Text entstand vor vielen Jahren nach einer wahren – peinlichen – Begebenheit in St. Moritz.

Mein Verhältnis zu Schokolade ist belgisch. Weil ich sieben Jahre in Belgien verbracht habe, in Lüttich, wo ich auch zur Schule gegangen bin. Damals war Belgien noch Kolonialmacht. Ihre bedeutendste Kolonie in Afrika war der Kongo, wo sich die Belgier, wie inzwischen bekannt, wenig vorbildlich benommen hatten. Die Kongolesen konnten sie erst 1960 zum Teufel jagen und unabhängig werden.

Der Kongo war seit jeher ein reiches Land gewesen. Kupfer und Goldminen, Kautschuk, Baumwolle und – eben – Kakaobohnen. Die Belgier bedienten sich. Kein Wunder, dass sie ohne weiteres Schokolade produzieren konnten. Die bekannteste Sorte hieß »Côte d'or« (Goldküste). Die Tafeln mit einem Elefanten auf der Verpackung waren fingerdick, nicht zu hart, nicht zu cremig. Einfach perfekt zum Reinbeißen. Und es war üblich, dass die Eltern ihren Kindern kein Pausenbrot mitgaben, sondern eine Tafel »Goldküsten-Schokolade«. Wir tollten herum und schwatzten, immer mit unserer Tafel Schokolade in der Hand. Aber wir mussten ja auch etwas trinken. Folglich kam der Hauswart mit seinem Wägelchen, und jedes

Kind bekam einen Pappbecher, randvoll gefüllt mit … warmem Kakao! Nicht im Geringsten sonderbar, einfach normal. Das Erstaunliche dabei: Wir Kinder nahmen nicht zu. Vielleicht hatte das mit den Entbehrungen der Kriegsjahre zu tun, jedenfalls waren wir fast alle agil und dünn, mit spitzen Ellbogen und spitzen Knien. Es konnte auch sein, dass sich unser Organismus an Schokolade gewöhnt hatte. Jedenfalls, in Belgien war Schokolade ein Nahrungsmittel, das vor Erkältung schützte und die Leistung des Gehirns ankurbelte. Wahrscheinlich traf das auch zu. Die Aztekenkönige erschienen konstant mit Federkrone, Chihuahua-Hündchen und einem Becher Schokolade. Ebenso wie die Belgier registrierten die spanischen Eroberer bald, was gut, gesund und lecker war. Sie brachten die Kakaobohne nach Europa. Noch vor ein paar Jahrzehnten tranken vornehme Damen und Herren zum Frühstück heiße Schokolade aus silbernen Kannen. Und auch heutzutage, sei es im Hotel oder im Selfservice, hat man beim Frühstück die Wahl: Kaffee, Tee oder Kakao. Was mich betrifft, am liebsten mit Sahne!

Ja, und als ich – mit Schokolade gefüttert – in die Schweiz kam, wurde mir schlagartig ein Dämpfer verpasst. Denn hierzulande war Schokolade kein Nahrungsmittel mehr, sondern ein Genussmittel. Nicht das Gleiche. Es gab fünfzig Sorten Pralinen, überreicht wie Schmuckstücke – eine Wonne für den Gaumen, aber ruinös. Zum Glück gab es auch Tafeln, angenehm preisgünstiger, aber immer noch Genussmittel, und dünn, viel zu dünn.

Es trieb mich zur Verzweiflung. Und das aus gutem Grund. Weil ich noch heute ein erhebliches und offenbar seltenes Problem habe: die Folgen meiner belgischen Jugend, eine Art Entzugsreaktion. Bei jeder andauernden physischen Anstrengung saust mein Blutzuckerspiegel mit haarsträubender Geschwindigkeit in die Tiefe. Und sofort wirft es mich um: Zittern, Gleichgewichtsstörungen, kalter Schweiß. Hin und wieder sogar ein Ohnmachtsanfall.

»Herr Doktor, darf ich Schokolade essen?«, fragte ich einst einen Schweizer Arzt.

»Sie dürfen nicht, Sie müssen!«, erwiderte der weise Medizinmann. Und er gab mir den Rat, stets einige Stückchen Schokolade oder ein paar Pralinen in der Handtasche mitzuführen.

Ich hätte ihn am liebsten umarmt.

Und es funktionierte! In all diesen Jahren gab es nur ein einziges Mal eine Panne. Das war, als mein Mann noch als Fotograf aktiv war und wir viel unterwegs waren. Und es geschah, dass wir einige Tage in einem Hotel in St. Moritz verbrachten. Mein Mann fotografierte die herrliche Winterlandschaft, ich schleppte das Stativ und verschiedene Objektive. Arbeitsteilung. Am Abend waren wir dann froh, wenn wir uns im warmen Pool und in der Sauna entspannen konnten.

Und an einem dieser Abende, als ich schlaff und glücklich in einem Liegestuhl lag, wurde mir plötzlich übel. Herzrasen und das vertraute Gefühl, einen kalten Luftballon im Magen zu haben. Schock! Ich hatte meine Schokolade vergessen! Ich wickelte mich in höchster Eile in meinen Bademantel, rannte an der Rezeption vorbei, dem Aufzug entgegen und drückte hektisch auf den Knopf. Aber der Aufzug war voller Leute, bepackt mit Reisetaschen, Sportausrüstungen und Koffern auf Rädern. Unmöglich zu warten, sonst würde gleich eine Frau im Bademantel vor dem Scherengitter liegen. Unser Zimmer war im zweiten Stockwerk. Ich hastete keuchend die Treppe hinauf, zog mich am Geländer hoch, nahm taumelnd zwei Stufen auf einmal. Endlich! Vor mir der Korridor, nur noch zwei Schritte, drei Atemzüge, und ich war da. Aber ach, wie peinlich, die Tür war nur angelehnt und der Schlüssel steckte im Schloss. Einer von uns musste ihn vergessen haben.

Ich stieß die Tür auf. Im Zimmer brannte Licht. Auf dem niedrigen Tisch stand das übliche Willkommenskörbchen, gefüllt mit Salzstängeln, einer Portion Erdnüsse und zwei Minitafeln Schokolade. Wirklich mini, aber besser als nichts. Ich riss mit zitternden Händen die Verpackung auf, stopfte mir die Milchschokolade in den Mund. Da hörte ich ein Geräusch, eine weibliche Stimme rief einige Worte. Ich bekam gerade noch rechtzeitig mit, wie die Badezimmertür geöffnet, zugeknallt und von innen verschlossen wurde. Den Mund voller Schokolade, warf ich einen Blick rundum. Auf dem Bett lagen fremde Klamotten und fremde Damenunterwäsche mit grüner Spitze. Horror! Ich hatte das falsche Zimmer erwischt! Den Mund noch immer voller Schokolade, ergriff ich lautlos und in Windeseile die Flucht.

Am Abend, beim Aperitif, kamen wir mit einem holländischen Ehepaar ins Gespräch. Die beiden erzählten, dass sie seit Jahren ein Zimmer in diesem Hotel buchten. Es gefiel ihnen immer sehr gut. Allerdings, sagte die Dame, an diesem Abend sei etwas Merkwürdiges passiert. Ihr Mann war kurz in die Tiefgarage gegangen und hatte den Schlüssel stecken lassen. Sie kam gerade aus der Duschkabine, als sie ein Geräusch hörte. Sie rief ihrem Mann zu, wieso er denn so schnell wieder zurück sei. Keine Antwort. Und als sie durch den Türspalt blickte, sah sie eine Verrückte im weißen Bademantel, die ihre Schokolade gestohlen hatte und genüsslich mampfte. So eine Frechheit, nicht wahr? Unglaublich!

»Ich habe sie nicht mehr erwischen können«, sagte ihr Mann. »Die Verrückte war leider schon verschwunden. Aber ich habe den Vorfall dem Concierge gemeldet. Er wird unverzüglich die Polizei informieren. Heutzutage kann man nicht genug vorsichtig sein, finden Sie nicht auch?«

»Ach ja«, seufzte ich mit Nachdruck, »man weiß nie, was alles passieren kann …«

Worauf sich mein Mann der Fensterfront zuwandte mit der Bemerkung, die Aussicht auf den schneebedeckten Gipfel unter dem Sternenhimmel sei ja wirklich einzigartig.

Tokio in Blau-Rosa

Die leicht überarbeitete Geschichte erschien
2008 in der Zeitschrift »Annabelle«.

Der Boss war eine Frau. Höchst erfreulich, dachte Marina. Wenn sich in der Schweiz die Türen der großen Computermessen öffneten, schlug in der Regel die Stunde der Männer. Und bei der Präsentation des neuen, flachen Notebooks war Marina in Zürich die einzige Frau gewesen. Anders in Japan: Da hielten weibliche Wesen die Techno-Welt in den elegant manikürten Händen. Der Boss hieß Sadako Imae, trug einen maßgeschneiderten Hosenanzug mit einer Stoffblume am Revers. Die perfekt zurechtgemachte Dame bewegte sich in diesem Umfeld wie ein Goldfisch im Wasser. Gewöhnen musste sich Marina auch an den dienstbaren Geist, der während der Besprechung mit zwei Schalen grünen Tee hineinschwebte. Jung, zuvorkommend, aber im schwarzen Anzug und eindeutig männlich. Japan war eine Welt nach Marinas Geschmack!

Sie mochte auch Tokio sehr. Die Trends von übermorgen wurden hier geboren. Granit, Glas und Beton wechselten sich ab, kein Gebäude war wie das andere, aber alles passte zusammen. Frauen und Männer waren fast alle stilvoll zurechtgemacht. Und Tausende von bunten Kleinigkeiten, formschön oder umwerfend komisch, machten das Leben angenehm und liebenswert.

Nach dem zweiten Meeting lud sie Sadako Imae zum Lunch ein. Marina stellte dabei erfreut fest, dass die japanische Küche nicht nur aus Sushi bestand und auch nicht schwer im Magen lag. Marina war froh, in der Sprachschule einige Brocken Japanisch gelernt zu haben. In einem ziemlich miserablen Expressverfahren zwar, aber immerhin kam sie zurecht.

Beim Essen sagte Sadako Imae, sie habe eine Karte für das Kabuki-Theater am Nachmittag. Leider sei ihr etwas dazwischengekommen. Ob Marina Lust hätte, hinzugehen.

»Sie wissen ja, dass Männer die Frauenrollen spielen«, fügte Sadako Imae hinzu.

Marina wusste es nicht.

»Die Frauen schauen sich ganz genau an, was sie tragen. Ihre Kimonos sind sehr sexy.«

»Seltsam«, meinte Marina.

Der Boss fand das normal.

»Kabuki wurde von einer Frau erfunden, die als Mann auftrat. Die Männer waren verrückt nach ihr.«

Kabuki klang nach frivolem Kitsch, Spitzenhöschen und Strapsen. Und Marina hatte gerade einen großen Beziehungskrach samt Trennung hinter sich. Sie brauchte Ablenkung und hatte am Nachmittag keinen Termin mehr.

Die Vorstellung begann um zwei und dauerte drei Stunden. Das Theater, ganz in Rot und Gold, war mit quietschenden Polstersesseln ausgestattet. Das Publikum war sehr gemischt: bieder gekleidete Senioren, elegante Pärchen und Kids in schrillen Klamotten. Links von Marina setzte sich ein nichtssagender »Salaryman«, einer dieser japanischen Büroangestellten, die sich vorbehaltlos in den Dienst ihres Arbeitgebers stellen, rechts eine ältere Dame im Kimono. Für die »Gaijin« – Ausländer – gab es Kopfhörer mit englischer Übersetzung. Marina mochte keine Kopfhörer und verzichtete.

Holzklöppel kündigten den Beginn der Vorstellung an. Das Bühnenbild war eine Mischung zwischen Samuraifilm, Manga und Mystik. Die Darsteller glichen lebensgroßen Puppen, extravagant gekleidet, die Gesicht und Hände auf fremdartige Weise bewegten. Und diese Frauen auf der Bühne? Alles Männer? Unglaublich!, dachte Marina, lehnte sich zurück und steckte sich ein Bonbon in den Mund. Das Hauptstück, eine absonderliche Schnulze, spielte im Mittelalter. Eine elegante Dame stolperte auf Plateausandalen einem Federball nach, während ihr kleiner Sohn im Gras krabbelte. Da kam von oben eine Figur mit Raubvogelmaske und Federn-Overall, schnappte sich das Kind – das inzwischen unbemerkt durch eine Puppe ersetzt worden war – und flatterte davon.

Tränen, Geschrei und Händeringen. Das Bühnenbild wechselte. Die Mutter, als Pilgerin verkleidet, war auf der Suche nach dem Kind. Dabei vergingen Jahre, und die Mutter erlebte viel Herzergreifendes, bis sie zur Bettlerin verkam. Dann zeigte das Bühnenbild einen prachtvollen Tempel mit einer Kiefer davor. Gestikulierende Mönche erzählten eine Story, die sogar Marina verstand: Einst hatte sich ein Adler mit einem Kind in den Fängen auf dem Baumwipfel niedergelassen. Das Kind, von den Mönchen gerettet, wurde im Tempel großgezogen. Während die Mönche berichteten, füllte sich die Bühne mit festlich herausgeputzten Darstellern. Ein großes Fest fand statt, weil das gerettete Kind an diesem Tag zum Abt ernannt worden war. Da erschien er bereits, prächtig gekleidet, in einer vergoldeten Sänfte. Plötzlich zwängte sich nun die zerlumpte Bettlerin durch die Menge, umklammerte winmernd den Abt, der ein verdutztes Gesicht machte. Dann aber: großes Wiedererkennen! Laut schluchzend fiel der Sohn der Mutter vor die Füße, bevor er sie zu seiner Sänfte geleitete und feierlichen Schrittes in die Kulissen verschwand, während auf der Bühne alles heulte.

Und nicht nur auf der Bühne. Sämtliche Zuschauer, männlich wie weiblich, alt wie jung, wischten sich die Augen. Der Salaryman drückte sich ein Taschentuch vor die geschwollene Nase, und die ältere Dame im Kimono hatte ein rotes Gesicht.

Marina wollte cool bleiben, biss die Zähne zusammen, riss die Augen weit auf, versteifte sich. Geweint hatte sie zum letzten Mal mit dreizehn, als Kevin, der jetzt Staubsauger verkaufte, lieber mit Claudia statt mit ihr in die Disco ging. Weil Claudia keine Brille trug, die beim Küssen störte. Nun kämpfte Marina heroisch, aber erfolglos. Zunächst brach ein dumpfer Klagelaut aus ihr hervor. Ein lautes Schluchzen folgte. Die Dame im Kimono zuckte leicht zusammen, richtete ihre geröteten Augen auf die hemmungslos Heulende. Marina wäre am liebsten im Erdboden versunken. »Sumimasen« – »Entschuldigung« –, stammelte sie. Worauf die Dame sich verneigte und feierlich »Arigato« – »Danke schön« – sagte. Ich habe sie gestört und bin eine dumme Kuh, dachte Marina und heulte nur noch lauter. Ihre Nase lief, sie suchte ein Taschentuch in ihrer hellblauen Clutch, und natürlich hatte sie keines eingesteckt. Sie fuhr sich mit beiden Händen übers Gesicht, verschmierte dabei ihre Wimperntusche. Da reichte ihr die Dame mitfühlend ein elegantes Taschentuch.

Marina nahm es, wobei sie unentwegt »Sumimasen, sumimasen« stammelte. Sie putzte sich die Nase, wischte sich über die Augen. Von einer Sekunde zur anderen wurde die Welt blau-rosa, und Marinas Kontaktlinsen klebten am Taschentuch der Dame. In hilfloser Verzweiflung nahm Marina ihr dürftiges Japanisch hervor und erklärte der Dame, dass sie soeben zum Maulwurf geworden war. Minus 6 auf dem einen Auge, minus 8,5 auf dem anderen.

»Oooh!«, sagte die Dame, was im Japanischen gleichermaßen für Staunen und Mitgefühl steht. Dann fragte sie, ob sie etwas für Marina tun könne.

»Ja«, meinte Marina, vielleicht könne sie sie zur Toilette begleiten? Sie wollte dort versuchen, die Linsen wieder einzusetzen.

Die Dame nahm sie mütterlich bei der Hand, führte sie aus dem Saal, murmelte: »Achtung, Stufe …«

Und dann war Marina in einer winzigen Toilette voller Frauen, die alle ihr verheultes Make-up ausbesserten. Im schummrigen Licht stellte Marina fest, dass die eine Linse zerquetscht, die andere verloren war. Sie war so verzweifelt, dass sie erst mal aufs Klo ging. Als sie sich wieder ein bisschen gefasst hatte und halb blind ins Foyer wankte, tauchte dicht vor ihrer Nase ein dünner Schatten auf. Die alte Dame!

Marina erklärte ihr das Drama. Fragte, ob sie ihr wohl ein Taxi rufen könne. Aber der Fahrer müsse ins Foyer kommen, draußen könne sie keine zehn Schritte gehen. Die Dame bewegte lebhaft verneinend die Hand. Ihr Sohn würde sie gleich abholen, nach Hause bringen und Marina anschließend zu ihrem Hotel fahren. Wirklich kein Problem.

Es dauerte auch nicht lange, da kam der Sohn. Marina sah nur ein verschwommenes Gesicht, das über einem dunklen Anzug schwebte. Der Besitzer des Gesichtes stellte sich höflich als Takeo Matsuda vor. Marina verbeugte sich vor dem Schatten, der ihr eine Visitenkarte reichte. Marina griff dreimal ins Leere, bevor ihre Finger die Karte zu fassen bekamen.

Inzwischen erklärte die Dame ihrem Sohn die Lage, und Marina hörte, wie er betroffen »Oooh!« brummelte.

Mutter und Sohn nahmen sie in ihre Mitte und führten sie behutsam zu einem Wagen. Auf dessen Hintersitz sah sie dann Tokio mit seinen vielen Lichtern im rosa-blauen Nebel vorbeigleiten. Sie zerknüllte das Taschentuch, hörte, wie die Dame und ihr Sohn lebhaft diskutierten. Nach einer Weile hielt der Wagen irgendwo, und die Dame stieg aus. Marina bedankte sich, sagte, dass sie das Taschentuch in die Wäsche geben würde, bevor es seine Besitzerin zurückerhalte. Die Dame tätschelte mit freundlichen Worten ihre Hand. »Bitte machen Sie sich keine Sorgen!«

Nun ging die Fahrt weiter. Takeo stellte ein paar Fragen: Wie lange Marina schon hier sei und was sie mache. Er selbst sei Architekt, sagte er, und ja – auch Zürich kannte er gut. Er hatte eine warme, angenehme Stimme, in der ein verhaltenes Lachen mitschwang. Marina mochte diese Stimme auf Anhieb.

Im Hotel dann kniff Marina wie eine blinde Maus die Augen zusammen, während ihr schattenhafter Begleiter sie am Ellbogen führte. Sie suchte ihre Schlüsselkarte, fand sie. Aber wo war der Aufzug? Takeo brachte sie hin, drückte auf den richtigen Knopf. Elfte Etage. Takeo ging mit der hilflos Herumtastenden vier Gänge entlang, die alle gleich aussahen. Endlich das Zimmer! Takeo steckte für sie die Schlüsselkarte ein, die Tür sprang auf. Marina bedankte sich bei ihrem Begleiter, fragte, ob sie ihn – sobald sie wieder sehen könne – zu einem Drink einladen dürfe, das sei doch das Mindeste, nachdem er sich so bemüht habe.

»Ja, gern«, sagte der Schatten. Er warte unten in der Lobby auf sie.

Marina setzte als Erstes ihre Brille auf, betrachtete sich im Spiegel und erschrak. Entsetzlich! Sie wusch sich das Gesicht, setzte frische Kontaktlinsen ein und schminkte sich neu. Dann wechselte sie das T-Shirt und fuhr nach unten. In der Lobby drängte sich gerade eine Partygesellschaft. Welcher unter den vielen Männern, alle fast gleich gekleidet, mochte ihr Retter sein? Wie sah er überhaupt aus? Marinas Augen schweiften hilflos in alle Richtungen, bis ihr ein Herr mit belustigtem Ausdruck entgegentrat.

»Sind Sie es?«, stammelte Marina.

Eine dumme Frage, zugegeben. Er grinste.

»Ich nehme wohl an, dass ich es bin …«

Marina betrachtete ihn interessiert. Ein schlanker, hochgewachsener Mann, nicht zu jung, nicht zu alt, diskret modisch gekleidet und mit einer Hornbrille auf der wohlgeformten Nase. Sie nahmen einen Drink, plauderten. Das Gespräch verlief flüssig und angenehm. Marina bewunderte die Sicht hinter den großen Glasscheiben: Tokio, wie es im Abendlicht funkelte und glänzte. Nach einer Weile fragte Takeo, ob sie hungrig sei.

Er hatte bestimmt gehört, wie es in Marinas Magen rumorte. Kein Wunder, nach der Aufregung! Bald aßen sie ein wundervolles Tofugericht, danach gegrillten Aal, der nach Karamell schmeckte, tranken Bier dazu und sprachen über sich selbst. Auch Takeo hatte gerade einen großen Beziehungskrach samt Trennung hinter sich. Was Marina gefiel, war, dass er über alles lachen konnte, am meisten jedoch über sich selbst. Das brachten nur wenige Männer fertig.

Als sie später bei Kerzenschein Sake tranken, kam Marina plötzlich etwas in den Sinn: »Weißt du, warum sich deine Mutter bei mir bedankt hat, als ich im Theater heulte?«

Takeo antwortete lächelnd: »Meine Mutter liebt das traditionelle Theater sehr. Aber Ausländer haben oft Mühe, Kabuki zu verstehen.«

»Ich verstand auch nichts, ich hatte ja keine Kopfhörer.«

»Das macht nichts. Du hast die Dinge gefühlt. Wichtig ist, dass man nicht immer mit dem Kopf, sondern auch gelegentlich mit dem Herzen denkt. Als Mutter dich weinen sah, war sie sehr berührt. Sie hat sich bei dir bedankt, dass du so ergriffen warst …«

Marina hatte plötzlich einen Kloß im Hals. Sie wusste nicht, was sie sagen sollte. Alles war plötzlich wieder da: die wirren Gefühle, die Erschütterung. Sie schluckte ein paarmal, und wie ein Wasserfall schossen ihr erneut die Tränen aus den Augen.

Sie heulte und schluchzte über ihrem Sake-Schälchen, und die Leute am Nebentisch schauten sie ebenso diskret wie betroffen von der Seite her an. Sie wühlte in ihrer Clutch und fand natürlich kein Taschentuch. Takeo reichte ihr seines, Marina putzte sich die Nase, wischte sich über die Augen. Einen Atemzug später wurde die Welt blau-rosa, und Takeo starrte entgeistert auf sein Taschentuch, auf dem Marinas Kontaktlinsen klebten.

»Oooh!«, murmelte er.

Am nächsten Morgen beim Frühstück sagte er, dass Marina die Brille gut stehe. Und er selbst habe minus 6 auf dem einen und minus 8,5 auf dem anderen Auge. Sie saßen also im gleichen Boot.

»Warum hast du dich eigentlich in mich verliebt?«, fragte ihn Marina, als er sie fünf Monate später in Zürich besuchte und sie zu heiraten beschlossen hatten.

»Weil ich noch nie im Leben eine Frau getroffen hatte, die so schön weinen konnte. Und du, warum hast du dich in mich verliebt?«

»Weil ich deine Stimme so nett fand. Sehen konnte ich dich ja nicht. Die Welt war für mich blau-rosa.«

»Mir gefällt sie eigentlich, diese blau-rosa Welt«, sagte Takeo. »Wir Japaner sind nämlich sehr gefühlsduselig, musst du wissen. Ist dir das noch nicht aufgefallen?«

»Oooh!«, sagte Marina. »Nein, darauf wäre ich nie gekommen.«

Mein Schwesterchen

Die Geschichte stammt ursprünglich aus der Anthologie »Verständnis hat viele Gesichter«, die 1978 im Rex-Verlag erschien.

»Oliver, hör mit dem Lärm auf! Nimm doch Rücksicht auf Mama!«

Vater stand in der Küche und kochte Makkaroni. Seitdem die Mutter ein Baby erwartete, kam er stets früher nach Haus. Er kochte, ging mit dem Staubsauger durch die Wohnung und machte einmal in der Woche die Wäsche. Für Mama war das jetzt viel zu anstrengend. Der Arzt hatte ihr Ruhe verordnet. Liegen musste sie den ganzen Tag. Durfte weder Auto fahren noch Treppen steigen.

»Geh, frag Mama, ob sie die Makkaroni mit oder ohne Käse möchte«, sagte Papa.

Oliver rannte durch die Wohnung. »Nicht so laut!«, rief der Vater hinterher.

Oliver bremste augenblicklich, ging auf Zehenspitzen zum Schlafzimmer.

»Die Makkaroni, willst du sie mit oder ohne Käse?«

Mutter lachte, aber so, dass es wie ein Seufzer klang.

»Lieber ohne ... ich habe schon zu viel zugenommen!«

Hübsch sah sie aus, trotz dem dicken Bauch. Die rosa Lampe beleuchtete ihre feinen Gesichtszüge. Sie hatte Lippenstift aufgelegt und duftete nach Maiglöckchen. Die Parfümflasche stand auf dem Nachttisch. Oliver zog behutsam den Stöpsel heraus.

»Riecht gut!«

Statt zu antworten, verzog die Mutter das Gesicht und legte die Hand auf ihren Leib.

»Strampelt sie wieder?«, fragte Oliver. »Habe ich dich früher auch so geboxt?«

Er wusste bereits, dass es ein Mädchen war und Sabine heißen sollte.

»Noch viel schlimmer!«, sagte Mutter.

»Darf ich auch mal fühlen? – Ist die aber wild! Sag, wann wird sie endlich da sein?«

»Schon bald. Mein Bauch ist schon ganz hart. Wahrscheinlich kommt sie mitten in der Nacht an. Bei dir wars genauso.«

»Ich weiß, morgens um halb drei«, sagte Oliver wichtig.

Die Mutter lächelte. »Warum ihr nicht tagsüber auf die Welt kommen wollt, ist mir ein Rätsel.«

Oliver ging in die Küche zurück. »Sie will die Makkaroni ohne Käse. Sonst wird sie zu dick.«

Vater holte Teller aus dem Schrank. Oliver legte das Besteck dazu. »Ich habe Sabine wieder gespürt. Die boxt ganz gut.«

»So!« Papa schüttelte die Makkaroni in ein Sieb. »Da kannst du dir vorstellen, was Mama den ganzen Tag aushalten muss.«

Er füllte einen Teller mit Makkaroni, gab Tomatensauce darüber und machte einen Salatteller zurecht. Bedächtig trug Oliver das Tablett aus der Küche. Als er ins Schlafzimmer trat, sah er die Mutter sich mit schmerzverzerrtem Gesicht im Bett krümmen. Vor Schreck ließ er beinahe das Tablett fallen.

»Was ist los? Tut es weh?«

Sie antwortete stockend: »Ich … ich glaube, Sabine hat es jetzt sehr eilig. Sag Papa, dass er sofort im Spital anrufen muss!«

Oliver stellte das Tablett auf einen Stuhl und rannte aus dem Zimmer.

»Papa … Papa! Das Schwesterchen kommt!«

Das Zimmer im Spital war schon lange vorbestellt. Oliver wäre bei Sabines Geburt gern dabei gewesen, aber der Vater sagte, das ginge nicht. Er hatte versprochen, sobald alles vorüber war, anzurufen. So blieb Oliver allein in der Wohnung zurück. Er machte Ordnung in der Küche, stellte die Teller in die Geschirrspülmaschine. Dann setzte er sich vor seine Schularbeiten und starrte auf sein Heft, aber er dachte unentwegt an das Schwesterchen.

Gegen neun rief Papa aus dem Spital an. Oliver riss den Hörer an sich.

»Ist Sabine schon da?«

Papas Stimme klang merkwürdig dumpf, so ganz anders als sonst. »Nein, noch nicht. Hör zu, Oliver. Es kann sein, dass ich heute Nacht im Spital bleiben muss. Ich habe bei Großmama angerufen. Sie kommt in zehn Minuten. Dreh bitte die Heizung im Gästezimmer auf und lege ein frisches Handtuch hin.«

»Wird gemacht!« Oliver spürte mit einem Mal, dass er ganz entsetzliche Angst hatte. »Papa … sag, ist etwas mit Mama nicht okay?«

»Sie ist müde. Es dauert manchmal sehr lange, bis ein Kind auf die Welt kommt.«

Er beendete das Gespräch; er schien es plötzlich sehr eilig zu haben. Oliver legte verstört den Hörer auf.

Kurz danach klingelte es an der Tür. Die Großmutter. Sie war mit dem Auto gekommen.

»Diese Kälte draußen! Bin froh, dass ich hier bin. Heute Nacht gibt es Glatteis.«

Es entging Oliver nicht, dass ihr Gesicht besorgt aussah.

»So, jetzt machen wir beide es uns gemütlich«, fuhr sie mit gespielter Heiterkeit fort, wobei sie eine Tüte aus der Tasche zog. Weihnachtsplätzchen, und dazu noch selbst gebacken!

»Super!«, rief Oliver. »Die besten auf der ganzen Welt!« Er zeigte Großmutter die weiß-gelb bezogene Wiege, die für das Baby bereitstand. Papa hatte die alte Wickelkommode vom Estrich geholt und sie wieder frisch lackiert. Darauf saß ein struppiger Teddybär, dem ein Auge fehlte.

»Das ist meiner, noch von früher«, erklärte Oliver. »Ich schenke ihn Sabine.«

»Ach, da wird sie sich bestimmt freuen«, sagte Großmama. »Und jetzt zünden wir eine Adventskerze an, und dann helfe ich dir bei deinen Rechenaufgaben.«

Großmutter setzte sich zu ihm hin. Nach einer Stunde nahm sie ihre Brille wieder ab.

»Und du bist erst neun Jahre alt, herrje. So schlau war ich nicht, als ich so alt war wie du.«

Oliver war viel zu nervös, um sofort einzuschlafen. Mitternacht war längst vorüber, als er sich noch immer von einer Seite zur anderen wälzte. Endlich schlief er ein, bis ihn das Läuten des Telefons aufschreckte. Draußen war es schon hell. Zehn Uhr! Oliver hatte verschlafen, und wie! Ein Glück, dass heute Sonntag war.

Er hörte die Großmutter mit gedämpfter Stimme sprechen, und plötzlich war er hellwach. Ach ja, Mama war letzte Nacht ins Spital gebracht worden. Jetzt musste Sabine ganz sicher geboren sein!

Oliver sprang aus dem Bett und öffnete die Tür, gerade als die Großmutter den Hörer auflegte. Sie stand da, vornübergebeugt, als suche sie etwas am Boden.

»Ist Sabine gekommen?«, rief Oliver.

Sie schaute langsam auf. »Ja, dein Schwesterchen wurde in der Nacht geboren.« Sie drehte sich um und ging in die Küche.

Oliver lief hinter ihr her. »Wie sieht sie aus? Und Mama, wie geht es ihr? Hat sie keine Schmerzen mehr?«

Mit abwesendem Gesicht öffnete die Großmutter eine Schublade nach der anderen. Sie schien zerstreut zu sein und gar nicht glücklich.

Aber Oliver ließ nicht locker: »Nun sag endlich, wann kann ich Sabine sehen?«

Sie sah ihn an. Oliver hatte das merkwürdige Gefühl, dass sie ihn kaum wahrnahm.

»Lauf nicht mit bloßen Füßen herum. Und putz dir die Zähne!«

Oliver stürzte ins Badezimmer.

Als er fertig angezogen in die Küche kam, richtete Großmutter das Frühstück her. »Du musst schnell etwas essen. Papa kommt gleich und holt dich.«

Oliver brachte vor lauter Aufregung kaum einen Bissen hinunter. Endlich hörte er das Geräusch des Wohnungsschlüssels. Er lief zur Tür und erschrak. Wie bleich sah Papa aus! Oder bildete er sich das nur ein? Seine unrasierten Wangen wirkten eingefallen. Er lächelte müde.

»Hast du Großmutter auch nicht zu sehr geplagt?«

»Aber nein, sie hat mir bei den Aufgaben geholfen«, sagte Oliver. »Und kann ich Sabine jetzt sehen?«

Großmutter blickte Papa eigenartig lange an. Er senkte stumm den Kopf.

Warum tun die so blöde?, dachte Oliver erschrocken. Sie müssten sich doch freuen!

»Ist … ist etwas mit Mama?«

»Nein«, sagte Papa. »Mama geht es wieder gut. Sie freut sich, dass du kommst. Aber nur für einen Augenblick, ja? Sie ist noch kraftlos.«

Papa ging in die Küche und goss sich Kaffee ein.

»Komm her, Oliver, setz dich. Bevor wir ins Spital fahren, möchte ich mit dir reden.«

Oliver wartete beklommen. Der Vater rührte zerstreut in seiner Kaffeetasse.

»Es war keine leichte Geburt. Mama musste operiert werden.«

»Tat es ihr sehr weh?«

»Nein, sie hat eine Narkose bekommen. Aber für Sabine war es schlimm. Die Nabelschnur hatte sich um ihren Hals gewickelt. Beinahe wäre sie erstickt.«

Er zögerte. Oliver sah, wie seine Hände zitterten.

»Vielleicht wird sie nie wie gesunde Kinder sein.«

»Wie denn?«, wollte Oliver wissen.

»Sie wird vielleicht nie gehen oder sprechen lernen. Ihr Hirn hat eine Zeit lang keinen Sauerstoff erhalten, sodass die empfindlichen Hirnzellen gelitten haben. Inwieweit … das können die Ärzte erst feststellen, wenn sie größer ist.«

Oliver kaute an seinen Fingernägeln. Sonst schalt ihn der Vater deswegen, aber heute schien er es nicht zu bemerken.

»Weiß es Mama schon?«

»Ja … und sie hat Sabine trotzdem sehr lieb. Ich habe Sabine auch lieb. Sie ist ja unser Kind, genau wie du.«

»Und ich werde sie auch liebhaben«, sagte Oliver. »Vielleicht wird sie später doch noch gesund. Glaubst du, dass sie Spaß an meinem Teddybären hat?«

Großmutter und Papa blickten sich an. Großmutter fuhr sich mit der Hand über die Augen und drehte den Kopf zur Seite.

»Darauf kannst du wetten«, sagte Papa.

Er stand auf und klopfte Oliver auf die Schulter. »Jetzt werde ich mich rasieren und mein Hemd wechseln. Dann gehen wir.«

Eine halbe Stunde später hielt der Wagen vor dem Spitalgebäude. Eingeschüchtert folgte Oliver seinem Vater durch die endlosen blitzsauberen Gänge. Ein eigenartiger Geruch lag in der Luft. Krankenschwestern huschten eilig und geräuschlos vorbei. Zwei Leute im Morgenrock saßen stumm in einer Ecke. Ein Aufzug brachte sie in den sechsten Stock. Eine hübsche junge Schwester grüßte sie freundlich und führte sie in ein geräumiges Zimmer. Mama lag halb abgedeckt in einem erhöhten Bett und blinzelte verschlafen. Sie sah ganz anders aus, sehr blass.

»Schön, dass du gekommen bist! Hat dir Papa schon von Sabine erzählt?«

Das Sprechen schien ihr sichtlich Mühe zu bereiten. Oliver schluckte.

»Ja, ich weiß alles. Sieht sie furchtbar aus?«

»Du liebe Güte, nein! Sabine ist ein süßes Baby. Du wirst sie gleich sehen.«

Bevor das Baby gebracht wurde, mussten sich Oliver, Papa und sogar Mama einen Mundschutz umbinden. Sie sahen alle wie Ärzte im Fernsehen aus. Dann trat eine Pflegerin ein, auch sie trug einen Mundschutz. In den Armen hielt sie ein in Decken gehülltes Bündel, das sie vorsichtig Mama aufs Bett legte. Unter einem flaumigen Haarschopf sah Oliver ein friedliches rosa Gesichtchen. Die halbmondförmigen Augen waren geschlossen, die Hände zu Fäustchen geballt. Oliver hätte sein Schwesterchen gern angefasst, aber der Vater hielt ihn behutsam zurück.

Nach einer Weile kam die Pflegerin zurück und trug das Baby aus dem Zimmer. Oliver riss pustend den Mundschutz herunter. Das lästige Ding klebte an seinen Lippen!

»Ich glaube nicht«, sagte er, »dass Sabine anders ist als andere Kinder. Vielleicht werden manche Leute das denken. Aber ich mag sie so, wie sie ist.«

Er sah, wie sich Mamas Augen mit Tränen füllten, und bemerkte gleichzeitig, dass sie lächelte, was ihn etwas verwirrte. Und als Papa ihm den Arm um die Schulter legte, schmiegte er sich kurz an ihn, bevor er verlegen zurückwich. Er mochte es nicht, wenn er umarmt wurde.

Wörterknistern?

Dieser leicht überarbeitete Text erschien 2020 als Vorwort in der Anthologie »Wörterknistern«, die zum dreißigjährigen Bestehen von femscript.ch, einem Netzwerk von schreibenden Frauen, veröffentlicht wurde.

Diese Anthologie berührt und begeistert, löst Staunen und Betroffenheit aus. Die Geschichten sind sehnsuchtsvoll oder illusionslos, zeigen das brutale, gnadenlose Leben. Die Menschen können sich auf niemanden verlassen, weder im Diesseits noch im Jenseits. Sie können nur Trost und Stärke in sich selbst finden.

Die Geschichten, so verschieden sie auch sind, zeigen ein breites Spektrum des menschlichen Wesens mit allen seinen Diskrepanzen. Manche sind von einer Weisheit geprägt, die nicht in der Gegenwart entstand, sondern ihren Ursprung in fernen Zeiten findet. Es sind vornehmlich die Frauen, die diese Weisheit in sich tragen. Eine Weisheit, genährt von starken Emotionen und pragmatischer Erfahrung, die vielleicht aus jener Stille entstand, die Generationen von Frauen wie eine Schutzschicht umgab. Noch heute ist etwas von dieser Stille, von dieser Bescheidenheit, zu spüren. Und sie ist eigentlich nichts anderes als Stolz. Die Frauen wollen nicht verletzt werden. Und somit schweigen sie, statt ihre Stimme zu erheben.

Dieses Schweigen drückt sich auch in der Literatur aus. Es kommt aus dem tiefen Dunkel der Vergangenheit. Die großen griechischen Dichter und Philosophen waren Männer, obwohl sie ihre Inspiration bei den Musen suchten. Und die Musen waren keine lebenden Frauen, sondern Idealfiguren, an denen sich die männliche Fantasie stets neu entzündete. Die Frauen selbst – die Frauen aus Fleisch und Blut – erhoben ihre Stimme nur als Klageweiber, wenn die Männer im Kampf fielen. Kaum denkbar, dass diese Rolle ihnen viel Spielraum für kreative Ideen ließ! Eine Ausnahme war Sappho, die einzige bekannte Dichterin des alten Griechenlands. Aber Sappho liebte die Frauen und störte die Männer nicht in ihrem Revier. Man konnte ihre Dichtkunst getrost rühmen.

Später, im Mittelalter, lobten fahrende Sänger und Dichter die Frauen, die zwar wunderschön, aber stumm wie Fische waren. Wo blieb die Frau, die von einem »engelsgleichen Jüngling mit blond gelocktem Haar« geschwärmt hätte? Gab es nicht.

Die Geschichte mag sich an die Schriftstellerin und Philosophin Christine de Pizan (1364–1430) erinnern. Eine rebellische, wortgewaltige Ahnfrau der Literatur. Und auch an die viel früher geborene Hildegard von Bingen (1098–1179), deren Visionen religiös geprägt und folglich akzeptabel waren. Wer Jesus und die Engel sieht, darf ungehemmt in Trance fallen.

Dann, im Frankreich des 17. und 18. Jahrhunderts, schufen vornehme Damen ihre berühmten »Salons«. Hier trafen sich die schönen Geister, Schriftsteller und Philosophen. Die Männer verfassten Werke, Romane und Essays, über die weltgewandt debattiert wurde. Die Damen leiteten die Gespräche, fächelten sich Kühlung zu, amtierten als Schiedsrichterinnen. Diese Frauen, so kultiviert, so belesen sie auch waren, griffen selten zur Feder, es sei denn, um Briefe zu schreiben. Madame de Sévigné schrieb amüsante Briefe, die noch heute im Schulunterricht gelesen werden. Andere Namen hat die Geschichte vergessen. Wer erinnert sich an Madame Guérin de Tencin oder an Marie Thérèse Geoffrin? Sie hatten Witz, Verstand und geistige Beweglichkeit. Sie schrieben umfangreiche Romane, aber sie schrieben für die »Noblesse«, wo die Werke der Männer, wie eh und je, einen unanfechtbaren Vorrang genossen.

Spätestens an dieser Stelle stellt sich die Frage: Wie konnten sich Wissenschaft, Kunst und Kultur ohne die aktive Beteiligung der Frauen entwickeln? Man kam ohne sie aus. Es ging – irgendwie. Also keine Petra Paula Rubens, keine Franziska Schubert und keine Friederike Schiller? Natürlich gab es sie, aber im Verborgenen wie die sprichwörtlichen Veilchen im Moose. Erst zu einem späteren Zeitpunkt wurden in Hochschulen die »Brillenschlangen« zugelassen. Als besonders anrüchig galten die Kunstakademien. Da standen männliche Models ohne Feigenblatt auf Marmorsockeln. Nichts für weibliche Augen. O Schreck, o Sünde! Kurzum, selbst aufgeklärte Männer ließen es zu, dass ihre Frauen ungebildet blieben, dass ihre schöpferischen Kräfte verkümmerten. Konkurrenz, die wollten sie nicht haben. Man gab es offen zu. Die Frauen bissen die Zähne zusammen und schwiegen, wie sie schon immer geschwiegen hatten. Die Frauen sind ein duldsames Geschlecht. Sie malten bescheiden, komponierten bescheiden, schrieben bescheiden – Turnübungen? Unschicklich und unbescheiden. Ein Gedicht zum Geburtstag der Großmutter? Ach, wie nett!

So kam es, dass die Frauen erst im 19. Jahrhundert ihre Stimme zu erheben begannen. Und der weibliche Literaturfrühling erblühte mit einem dreifachen Knall. Im englischen Yorkshire lebten in einer Pfarrersfamilie drei Schwestern und ein Bruder: Charlotte, Anne, Emily und Branwell. Keine der Brontë-Schwestern hatte je die Welt gesehen. Sie kannten nur das sturmgepeitschte Heideland, die Felsen, das Meer. Und schrieben trotzdem faszinierende Romane voller Gewalt und Leidenschaft oder nahmen gesellschaftliche Schranken bissig aufs Korn. Der Bruder veröffentlichte unter dem eigenen Namen, die drei Frauen schrieben – typisch für ihre Zeit – unter männlichen Pseudonymen.

Beschämend eigentlich, dass Männlichkeit als literarisches Nonplusultra galt. Das große Erkennungszeichen: die Hose. Also her mit der Hose! In Frankreich ließ sich die schöne George Sand, eigentlich Amandine Aurore Lucile Dupin de Francueil (zugegeben, ein wenig lang!), elegante Männerkleider schneidern, schlug die Beine übereinander, was verpönt war, trank Portwein und rauchte Zigarren. Ihre Romane waren eigenwillig und wunderbar poetisch, während die Doppelmoral der Gesellschaft eine herbe Kritik einstecken musste. Amandine alias George war nicht auf den Mund gefallen.

Wir erinnern uns auch an Colette, die komplexlos ihre erotischen Fantasien zu Papier brachte. Die Männer fanden es charmant. Wir erinnern uns an Marguerite Duras, deren gekünstelter Stil den Lesern und Leserinnen noch heute schwer im Magen liegt. Immer der gleiche Satz, siebenmal wiederholt!

Und natürlich erinnern wir uns an Simone de Beauvoir. »Man wird nicht als Frau geboren, man wird dazu gemacht«, lautet ihr berühmtestes Axiom. Leider wurde die große Philosophin allzu oft im Zusammenhang mit ihrem Partner Jean-Paul Sartre wahrgenommen. Das hatte sie nicht verdient, dass man ihr einen Mann vor die Nase setzte! Doch so war es eben: Der Mann stand breitbeinig in der Sonne, die Frau lächelte liebreizend im Schatten. Warum wohl? Waren und sind die literarischen Stimmen der Frauen nicht laut genug? Was ist von ihnen hörbar? Nur ein Wörterknistern? Und genau hier liegt das Problem. Die weibliche Bescheidenheit, sei es im täglichen Leben, im Beruf, in der Kunst oder in der Literatur, ist eine äußerst gefährliche Eigenschaft. Sie macht die Frauen kaputt.

Es muss nicht überall so sein. Vielleicht lohnt es sich, einen kurzen Blick über die Ozeane zu werfen, nach Japan, wo die Literatur von Anfang an ganz andere Wege ging. Um das Jahr 1004 schrieb Murasaki Shikibu, eine kaiserliche Hofdame, ihr monumentales Werk »Die Geschichte vom Prinzen Genji«. Und verfasste mit einem Schlag das größte klassische Werk der japanischen Geschichte. Mehr noch: Die Zeit zwischen dem 10. und 12. Jahrhundert wird nach wie vor als »Epoche der Frauenkultur« gerühmt. Dieser historische Hintergrund erklärt, warum jährlich über sechzig Prozent der Literaturpreise an Frauen gehen.

Nein, die Japanerinnen waren keine Musen, niemals! Ihre Musen, das waren die schönen Männer. Die Damen warfen elegant ihre Kimonoärmel zurück, tauchten ihren Pinsel in Tinte und schrieben. Sie hatten ja auch keine Moralapostel – heilig oder nicht –, die in der Wüste oder von der Kanzel aus wetterten: »Die Frau soll schweigen in der Gemeinde!«

Ach ja?

»Shut up!« wäre schon längst die passende Antwort darauf gewesen.

Heute wie vor tausend Jahren loben japanische Kritiker die spezifisch weiblichen Eigenschaften in der Literatur: psychologische Finesse, Fantasie, Realismus, Humor und Ironie, gesellschaftliche Kritik und Sinn für das Epische. Und es kann kein Zufall sein, dass es sich um die gleichen Eigenschaften handelt, die in dieser Anthologie in jeder Geschichte, in jedem Gedicht zum Vorschein kommen. Also bitte keine Bescheidenheit mehr, sondern Unbescheidenheit! Die Worte sollen nicht knistern, die Worte sollen donnern! Sonst hört ja keiner zu! Diese wunderbaren starken Geschichten sollen ihre Stimme erheben, laut, selbstbewusst, fordernd: »Platz machen! Wir sind da, mit großartigem Talent, mit Selbstbewusstsein und Wissen und uralter Weisheit.«

Und alle Frauen, alle Männer sollen diese Worte hören!

Wo die Bäume weinen

Ein persönliches Erlebnis während der Dreharbeiten
zu dem Film »Shana, das Wolfsmädchen«,
aufgeschrieben im Jahr 2021.

Vor ein paar Jahren wurde eines meiner Bücher verfilmt. »Shana, das Wolfsmädchen« spielt im Norden der USA, an der kanadischen Grenze. Die Geschichte erzählt von einem dreizehnjährigen Indianermädchen. Sie spielt Geige und ist hochbegabt. Ihre Lehrerin meldet sie an der Musikschule in Vancouver an. Doch sie muss sich unter dramatischen Umständen allein auf den Weg machen, um rechtzeitig die Aufnahmeprüfung zu bestehen. In den Wäldern begegnet ihr eine geheimnisvolle weiße Wölfin. Sie schützt Shana vor Gefahren und hilft ihr, für die Prüfung bereit zu sein.

Die Dreharbeiten hatten schon begonnen, aber mein Mann und ich teilten dem Regisseur mit, dass wir für ein paar Tage dabei sein wollten. Der Dreh erfolgte in einer Ortschaft, die vom »Volk der Flüsse« bewohnt und verwaltet wurde. Dieses gehörte zu den »First Nations«, zu den Indianern Nordamerikas. Es würde unsere erste Begegnung mit ihnen sein.

Der Flug von Zürich nach Vancouver verlief ohne Zwischenfälle. Gleich nach der Ankunft mieteten wir einen Wagen.

Man versicherte uns, dass es nur wenig Verkehr gab. Das Asphaltband des Highways schlängelte sich in Windungen zwischen Prärien und Tannenwäldern. Sie dehnten sich weit über den Horizont. Wilde, gewundene Wasserläufe strahlten in alle Richtungen aus. Das Wasser hatte der Erde eindrückliche Strukturen eingeprägt. Unglaublich, dachten wir staunend, diese unendliche Weite! Doch nach einigen Stunden erfasste uns ein merkwürdiges Gefühl. Wir konnten nicht sagen, warum, aber es war uns unheimlich. Gegen Mittag hielten wir an einer Tankstelle und bestellten inmitten von Lastwagenfahrern ein Sandwich an der Bar. Die Männer redeten laut, lachten, verzehrten ihre Brote und tranken Bier in großen Schlucken, den Kopf zurückgelehnt. Keiner schien irgendeine Bedrückung wahrzunehmen. Nach der Pause fuhren wir weiter, aber das mulmige Gefühl ließ uns nicht los, mit einer neuen, emotionalen Dimension. Zwar wuchsen die Tannen hoch und mächtig, zwar schaukelten die Gräser im Wind, und grüne Libellen flirrten über den Bächen. Dennoch legte sich ein Schauder über uns, wie dunkler Frost. Und da wurde uns auf einmal bewusst: Diese wunderbare Landschaft war krank, sie hatte ihre Seele verloren. Etwas sehr Gewalttätiges musste hier geschehen sein.

Die Ortschaft selbst, die wir noch vor Nachteinbruch erreichten, hatte weder etwas Beklemmendes noch Ärmliches an sich. Im Gegenteil, die Stimmung war heiter. Es gab zwar einige verkommene Wohnwagen mit Wäscheleinen und Gerümpel, aber sonst waren alle Häuser gepflegt, mit blühenden Gärten hinter weißen Zäunen. Es gab ein Hotel, eine Schule. In der Mitte der Siedlung befand sich ein imposanter, mit Holz verkleideter Versammlungssaal.

Bei den Leuten hier wurde der Gemeindevorsteher – wen wunderts – Chief genannt. Er empfing uns in seinem Büro, wir sahen vor uns einen freundlichen Mann, mittelgroß, stämmig. Das markante Gesicht trug einen nachdenklichen Ausdruck. Er kniff leicht die Augen zusammen, der Blick war undurchdringlich, wirkte aber sanft. Das Haar war grau und ungekämmt und fiel bis auf die Ohren. Er schüttelte uns die Hand, dass wir fast aufheulten. Er hieß weder Crazy Horse noch Sitting Bull, sondern ganz banal Joe Steward. Aber an der Wand hing ein imposanter Kopfschmuck mit langen Federn und aufwendiger Perlenstickerei, weiß und blau, den wir staunend bewunderten.

Inzwischen erkundigte sich der Chief nach der Reise. Alles in Ordnung? Keine Buße auf dem Highway?

Wir verneinten. Die Polizeistreifen hatten uns überhaupt nicht beachtet.

»Da können Sie aber von Glück sagen«, sagte der Chief trocken, »bei diesen Typen sitzt der Revolver locker.«

Während wir noch überlegten, ob er es ernst meinte oder nicht, nickte er uns freundlich zu.

»Die ›grand old ladies‹ werden gleich da sein. Wie wärs inzwischen mit einem Kaffee? Milch oder Zucker?«

Wir dankten ihm, leicht verdattert, und er wedelte mit der Hand.

»Nichts zu danken. Eigentlich bin ich nur hier, um Rechnungen zu schreiben und Kaffee anzubieten.«

Einige Minuten vergingen, dann ging die Tür auf, und drei resolute Damen betraten den Raum. Später erfuhren wir, dass diese Damen »Clanmütter« waren, wortführend im Rat der Alten. Und dass der Chief tatsächlich ihre Anweisungen zu befolgen hatte. Das war schon immer so gewesen.

Alle drei Damen waren hochgewachsen, mit imposantem Körperumfang. Sie hatten wohlgeformte Gesichter und tiefschwarze, scharf blickende Augen. Sie standen vor uns wie eine Mauer, begrüßten uns nicht unfreundlich, aber unterkühlt. Ich musste unwillkürlich an Lehrerinnen denken, die ihre neuen Schüler musterten. Taugen sie zu was? Oder bringen sie Unruhe in die Klasse?

Sie stellten uns in distanziertem Ton einige belanglose Fragen. Wie viele Bücher ich geschrieben hatte. Und woher ich meine Ideen nahm. Und wieso ich ausgerechnet auf die Geschichte von »Shana« gekommen war. Bei meinem Mann ging es um das Leben in Japan. Ob er sich in der Schweiz nicht als Fremder fühle. Kein Heimweh nach zu Hause habe. Mein Mann erwiderte, dass wir schon vierzig Jahre verheiratet waren. Keine Sehnsucht nach Japan also. Ziemlich schnell fiel uns auf, dass die »old ladies« ihren Tonfall änderten. Das Gespräch wurde ungezwungen, herzlich. Sie deuteten majestätisch auf ihre Brust und nannten ihre Namen: Delilah, Martha, Patricia. Der Chief kam mit einem Tablett, auf das wir unsere leeren Tassen stellten.

»Wir haben euch ein Hotelzimmer reserviert«, sagte Delilah, offenbar die Älteste des Trios.

Wir stutzten ein wenig. Der Chief hatte uns mit Kaffee empfangen, von einer Unterkunft jedoch nichts gesagt. Als ob er uns vorher testen wollte.

»Natürlich, wenn ihr lieber am Lagerfeuer übernachten wollt …«, meinte er beiläufig.

Wir lachten.

»Na ja, wir können uns anpassen.«

»Ich nicht«, sagte der Chief, »ich schlafe lieber in einem Bett. Mit einer schönen Frau.«

Patricia sagte, sie würde uns zum Hotel begleiten.

Bevor wir das Büro verließen, deutete ich auf den Kopfschmuck an der Wand.

»Sind das Adlerfedern?«

»Nein, Truthahn«, antwortete der Chief.

Wir mussten ein dummes Gesicht gemacht haben, denn er zwinkerte uns zu, zum Zeichen, dass er uns neckte.

»Steinadler, natürlich. Die Federhaube gehörte meinem Urgroßvater. Sie wurde bei wichtigen Anlässen oder Zeremonien getragen.«

»Sie ist wunderschön«, sagte ich.

Er nickte.

»Ja. Und sie ist über hundert Jahre alt.«

Das Hotel war kein Luxuskasten, aber okay. Eine halbe Stunde später war auch das Filmteam mit den Dreharbeiten zu Ende. Feierabend! Die Wiedersehensfreude war groß. Wir kannten uns bereits aus einem früheren Film. Mit Nino, dem Regisseur, waren wir auch privat befreundet. Nur der Tontechniker und der Beleuchter waren an Ort und Stelle rekrutiert worden.

Wir wurden sofort mit den Schauspielern bekannt gemacht, alles Laiendarsteller. Die dreizehnjährige Charlotte spielte die Titelrolle. Sie war nicht sehr groß, doch in ihrer Haltung lag etwas, was sie größer erscheinen ließ. Ihre Augen waren mandelförmig, die dichten Brauen etwas asymmetrisch. Sie hatte ein interessantes Gesicht, energisch und ausdrucksstark. Später erzählte sie uns, dass sie Architektur studieren wollte. Und ihre Häuser sollten nicht aus Beton sein, sondern aus Holz und Lehm. Gute Werkstoffe, gutes Handwerk. Solche Häuser überdauerten Generationen. Tja. In Zeiten der Nachhaltigkeit keineswegs utopisch, sondern grundlegend vernünftig.

Aber der eigentliche Filmstar hieß Britt. Die Wölfin mit dem grauweißen Fell hatte schon bei verschiedenen Filmen mitgewirkt und kam mit ihrer Trainerin Paulina direkt aus Hollywood.

In der Versammlungshalle waren Tische aufgestellt worden. Die Gerichte waren schon bereit. Jeder nahm seinen Teller und bediente sich. Das Essen war ausgezeichnet. Die Frauen, die abwechselnd Küchendienst hatten, freuten sich sehr, dass es uns schmeckte, und stellten pausenlos neue Gerichte auf den Tisch, bis wir keinen Bissen mehr herunterbrachten.

Irgendwann fiel mir auf, dass der Tontechniker und der Beleuchter an einem Tisch abseits saßen. Als sie ihr Essen holten, gingen sie grußlos an uns vorbei.

»Was ist mit den beiden?«, fragte mein Mann, der neben Nino saß.

Der Regisseur zuckte mit den Schultern. »Ach, die kommen aus Vancouver. Sie arbeiten für das Fernsehen.«

»Und warum sitzen sie ganz allein in der Ecke?«

Nino vergewisserte sich mit einem Blick, dass keiner zuhörte, und sagte halblaut: »Die Leute mögen sie nicht.«

»Warum?«

»An den beiden ist etwas, das ihnen nicht passt. Habt ihr bemerkt, wie euch die ›old ladies‹ bei der ersten Begegnung gemustert haben?«

»Ziemlich frostig, würde ich sagen. Sie verhören uns wie vor Gericht. Im geistigen Sinne«, meinte ich. »Und drei Minuten später scheinen sie schon zu wissen, ob sie uns mögen oder nicht. Und was, wenn sie uns nicht mögen?«

»Tja, dann würdet ihr es zu spüren bekommen. Die Indianer sind traditionell gastfreundlich. Aber gleichzeitig ausgesprochen hochmütig, um nicht zu sagen versnobt. Das ist ihr gutes Recht. Mögen sie uns nicht, geben sie uns zu essen, das verlangt der gute Ton. Doch anschließend setzen sie uns vor die Tür. Mit einem Tritt in den Hintern!«

»Autsch!«

»Die Vorfahren dieser beiden Typen haben bestimmt ein paar Indianer auf dem Gewissen. Und eigentlich fühle ich mich schuldig, dass ich sie kommen ließ. Aber Delilah sagte: ›Mach dir nichts draus. Zuerst der Film. Sobald du sie nicht mehr brauchst, jagen wir sie zum Teufel.‹ Und inzwischen behandelt man sie wie Luft.«

»Krass!«

»Stell dir vor, die Indianer waren stolze, hochintelligente Menschen. Sie waren Philosophen, Dichter, Astronomen. Als die Fremden kamen, gab es eine Zäsur, eine brutale Pause in ihrer Geschichte. Sie wurden als Wilde verleumdet, betrogen, ermordet. Das haben sie nicht vergessen. Die Filme mit John Wayne, entsinnst du dich?«

»Ja. Der blanke Horror.«

»Eben, das meine ich.«

Eine Woche lang schauten wir uns den Dreh an. Wir lernten viel über die Arbeiten beim Film. Täglich drehte man die vorgesehenen Szenen nacheinander ab. Dabei entwickelte das gut eingespielte Team eine kollektive Energie, die dem Film seine Eigendynamik verlieh. Die Wölfin folgte willig den Anweisungen ihrer Trainerin. Paulina ging sehr liebevoll mit dem Tier um. Britt war absolute Spitze, spielte talentiert und wurde jedes Mal mit einer Leckerei belohnt.

In den Pausen wurde viel geredet, viel gelacht und viel gegessen. Die drei »old ladies« waren immer in der Nähe und gluckerten hinter uns her. Delilah stellte uns täglich die gleichen Fragen: Ob wir gut geschlafen hätten. Ja? Und auch genug gegessen? Martha brachte uns Cranberry-Kompott. Eine ganze Schüssel voll. Selbst gemacht. Sie sah zu, wie wir die Schüssel genüsslich leerten, nickte zufrieden bei jedem Bissen. Patricia bemerkte, dass am Hemd meines Mannes ein Knopf nur noch an einem Faden hing, und nähte ihn akkurat wieder an. Sie tätschelte ihm mütterlich die Wange, bis er vor Verlegenheit rot wurde. Allmählich kamen wir uns vor wie im Kindergartenalter. Anders der Chief, der stets einen Vorrat von Sprüchen am Lager hatte. Er sprach jedes Mal im lockeren Tonfall der Satiriker, die immer das Gegenteil von dem meinen, was sie sagen.

Zum Beispiel: »Gerechtigkeit gibt Kopfweh. Besser nicht allzu viel Zeit damit verschwenden.« Oder: »Über Gut und Böse entscheidet heutzutage das Fernsehen. Wir hatten schon etliche Medienleute hier. Sie gingen sehr ungern, aber sie blieben nie lange.«

Er gab nie eine Erklärung. Aber wenn wir nicht kapierten, waren wir eben beschränkt.

Am letzten Abend wurde für uns ein Abschiedsessen veranstaltet. Alle waren gekommen. Nur die Typen aus Vancouver gehörten nicht dazu. Man machte ostentativ einen großen Bogen um sie. So richtig beleidigend.

Nun ergab es sich, dass ich neben den Chief zu sitzen kam. Wir unterhielten uns. Aber seine hintergründigen Aphorismen amüsierten mich nur halb. Im Gegenteil, sie gaben mir zu denken. Das Absurde des menschlichen Geistes und der

Geschichte mischten sich in seiner Einsicht und in seinem Sarkasmus. Er war kein Witzbold, nein, obwohl er so tat.

Irgendwann kam ich auf den seltsamen Eindruck zu sprechen, den die Landschaft während der Fahrt auf uns gemacht hatte. Da blickte er mich mit einem überraschten, forschenden Ausdruck im Gesicht an.

»Ach, habt ihr das bemerkt?«

»Vielleicht haben wir es uns nur eingebildet.«

Er schüttelte leicht den Kopf.

»Nein, die Natur ist wie eine Mutter, und wir sind ihre Kinder. Wir wachsen wie die Bäume, verändern uns von Jahreszeit zu Jahreszeit. Wir teilen den gleichen Werdegang, den gleichen Rhythmus. Wird dieser Rhythmus gebrochen, leidet die Natur, und wir leiden mit ihr. Bäume können weinen und Depressionen haben, genau wie wir. Depressionen schwächen unsere kognitiven Fähigkeiten. Die Bäume sind ohne Lebenskraft, ihre Wurzeln verkümmern. Sie haben ihre Seele verloren. Der Vorgang ist unsichtbar. Aber wer Sinn dafür hat, spürt das Fehlen von Lebenskraft.«

Das Gespräch hatte eine unerwartete Wendung genommen. Ich wusste zunächst nicht, was ich sagen sollte.

Der Chief ließ einen Atemzug verstreichen und setzte hinzu: »Verstehst du, uns wurde großes Leid zugefügt. Auch unsere Wurzeln verkümmern. Noch heute wird von uns verlangt, dass wir auf diese oder jene Weise Zugeständnisse machen. Aber wir sind dazu nicht fähig. Wir wissen, wie es gewesen ist. Und wir wissen auch, dass unsere Seele uns verlassen hat.«

Endlich konnte ich sprechen. Ich sagte: »Ich glaube, sie wird wiederkommen.«

Er nickte langsam vor sich hin.

»Sie wird Zeit brauchen, viel Zeit. So lange wie ein Baum braucht, um zu wachsen.«

Es fiel mir schwer, Fragen zu stellen. Ich versuchte es trotzdem.

»Was bringt Sie dazu, so zu denken?«

»Unsere Geschichte. Einst lebten hier fünfhundert Nationen. Wir ehrten und liebten unser Land, wie Kinder ihre Mutter lieben. Aber dann kamen machtgierige, schwer bewaffnete Fremde. Sie sahen, dieses Land war gut, und wollten es uns wegnehmen.«

Ich sagte: »Das ist ja sonnenklar.«

Der Chief nickte.

»Wir versuchten es mit Gesprächen, mit Verhandlungen. Nichts half. Wir waren ihnen einfach im Weg. Sie setzten Soldaten ein, die uns vertrieben. Sie zerstörten unsere Kultur, fällten Bäume, die tausend Jahre alt waren und noch voller Kraft und Leben. Sie töteten systematisch Tausende von Büffeln, weil sie wussten, dass diese Tiere uns Nahrung schenkten und heilig für uns waren. Der Gestank der Verwesung verpestete die Luft. Wir kämpften, aber sie hatten die mächtigeren Waffen. Und als wir nicht mehr kämpfen konnten, setzten sie unsere Tipis in Brand und brachten uns mit der Eisenbahn in sogenannte Reservate, wo wir unter der Fuchtel von kaltschnäuzigen ›Indianerbeauftragten‹ wie Gefangene leben mussten. Sie trennten unsere Kinder von ihren Familien, steckten sie in Internate unter der Aufsicht von Missionaren.«

»Das muss ja die Hölle gewesen sein!«

Er grinste. »Zumindest ein Vorgeschmack davon. Und unter dem Vorwand, unsere Kinder auf ein Leben unter den Weißen vorzubereiten, wurden sie einer Gehirnwäsche unterzogen. Die Missionare hatten einen Spruch: ›Töte den Indianer in ihnen und rette den Menschen.‹ «

»Sehr christlich«, warf ich ein.

»Das würde ich auch meinen. Den Kindern wurden die Haare geschoren. Sie mussten eine Schuluniform tragen, die auf der Haut kratzte. Ihnen war verboten, ihre Sprache zu sprechen. Wurden sie dabei erwischt, gab es Prügel. Tagsüber versuchten die Kinder, sich zu beherrschen, aber in der Nacht flossen die Tränen. Solche Internate gab es bis 1918. Meine Großmutter war dreizehn, als man sie holte. Ihr Name war Morning Bird. Ich habe zwei Bilder von ihr. Das erste zeigt ein unbefangenes Kind, etwas scheu, aber neugierig und verschmitzt. Das zweite wurde nur sechs Monate später aufgenommen. Man sieht ein ausdrucksloses Mädchen, mit leeren Augen und verkniffenem Mund. Sie trägt eine hochgeschlossene Schuluniform mit weißem Kragen. Ihre Haare sind straff nach hinten geflochten, ihre Hände liegen artig gefaltet auf der Schürze. Neben ihr, auf einem kleinen Tisch, steht ein Nähkörbchen. Sie ist starr wie ein vertrocknetes Stück Holz. Sie hat ihre Seele verloren. Aber ein guter Geist wachte über sie. Weil ihre Integration als mustergültig galt, ließ man sie gehen. Wieder bei ihren Eltern, kehrte ihre Seele langsam zurück. Aber es war schlimm. Die ausgestandenen Qualen sollten sie ihr Leben lang verfolgen.«

Der Chief sprach leise und stockend. Er versuchte, die Beherrschung zu bewahren, es war lediglich eine Frage der Kontrolle. Doch die Erinnerungen in ihm waren stärker. Und es waren nicht seine Erinnerungen, nein, sondern jene der Vorfahren. Er hatte sie nicht gekannt, wusste aber, dass es sie gegeben hatte. Ihre Existenz verkörperte auch seine Existenz. Und plötzlich überwältigte ihn der Schmerz. Ich sah, wie seine Lider zuckten, wie ihm die Tränen in die Augen stiegen. Ich wusste, was ich sagen wollte, doch ich konnte es nicht durch Worte ausdrücken. Impulsiv umfasste ich den Chief mit beiden Armen. Er überließ sich dieser Umarmung, wiegte sich vor und zurück im tiefsten Schmerz.

Nie, nicht in meinen kühnsten Träumen, hätte ich mir vorstellen können, dass ich einmal einen weinenden Chief in den Armen halten würde. Einen tief verwundeten Mann, den ich trösten musste. Aber wie nur, wie? Ich konnte ihm nicht sagen: »Weinen Sie nicht. Es ist vorbei.« Es war eben nicht vorbei.

Und auf einmal kamen auch mir die Tränen. Ich schluckte ein paarmal. Wir konnten beide nichts dafür. Eine große Heulerei bei Tisch.

Ob die anderen hinschauten, war mir egal und ihm vermutlich auch. Einzig mein Mann, der etwas schräg gegenüber von uns neben Nino an der anderen Tischseite saß, streifte uns mit einem raschen Blick, bevor er sich wieder dem Gespräch zuwandte. Mein Mann ist ein diskreter Mensch.

Endlich konnte ich sprechen. Ich sagte: »Ich wusste zwar vieles, vieles aber auch nicht.«

Der Chief holte gepresst Atem, wischte sich mit dem Ellbogen über die geröteten Augen.

»Nein, aber du hast die Trauer der Bäume gespürt. Siehst du, es ist auch unsere Trauer. Unsere Seele hat uns verlassen.«

»Sie kommt zurück«, sagte ich. »Sie ist auf den Weg. Es wird nicht mehr lange dauern …«

Ein seltsames Lächeln, voller Einvernehmen und Güte, zuckte um seine Mundwinkel. Er antwortete leise: »Wer weiß? Vielleicht hast du sie uns näher gebracht.«

Die Hand der Pianistin

Kurzgeschichte, die 2012 für
»Writers in Residence« der Swiss Deluxe Hotels
geschrieben wurde.

Enrico erkannte sie sofort: das dunkle Haar, das ausdruckslose Gesicht. Schön eigentlich, die hohe Stirn, die flachen Wangenknochen. Nur der Mund schien den nahenden Herbst ihres Lebens zu verraten. Sie saß fast jeden Abend in der Bar. Immer allein. Im »Mont Cervin Palace« sah Enrico viele Gäste Jahr für Jahr wiederkommen. Sie begrüßten ihn wie einen alten Bekannten. Das tat ihm wohl, schenkte man doch heutzutage dem Barpianisten wenig Beachtung.

In der Wintersaison leuchtete Kerzenlicht durch die Fenster, schimmerte orangerot auf dem Schnee. Der Weihnachtsschmuck, auf das Tannengrün und Weinrot der Polster abgestimmt, schuf eine magische Stimmung. Enrico freute sich, wenn er in der Adventszeit auf dem Steinway spielen konnte. Der wundervolle Klang des Flügels erinnerte ihn an seine Jugend, als er in seiner Heimatstadt Triest die Musikhochschule besuchte. Natürlich hatte auch er davon geträumt, mit einem großen Sinfonieorchester auf Welttournee zu gehen. Er fand allerdings bald heraus, dass sich von Unterhaltungsmusik angenehm leben ließ. Er spielte sie einfühlsam und mit Können. Bedauern kam bei ihm nur noch selten auf.

Die Frau also. Sie machte auf Enrico einen tiefen Eindruck. Ihre Erscheinung war schlicht und elegant. Sie war zart, hatte gleichsam etwas Gebieterisches an sich. Doch sie war zu ruhig, irgendwie erloschen. Enrico spürte um sie herum die dunkle Aura der Traurigkeit.

In diesem Winter fiel dichter Schnee. Es wurde früh dunkel. Die Flocken schwebten auf geheimnisvolle Weise aus dem Nichts herab in das Licht. Mit seiner Wärme, seinen leuchtenden Farben und süßen Düften nach Glühwein und Tee glich das Hotel einem Märchenschiff, das losgelöst durch Raum und Zeit schwebte, eine Welt außerhalb der Welt. Es gab Hauskonzerte, Tanzabende und festliche Dinner. Aber auch einige ruhige Abende, an denen die Gäste sich frühzeitig zurückzogen und die Bar wenig besucht war. Enrico hatte dann das Gefühl, dass er nur für die einsame Frau spielte: leichte Melodien, melancholisch und beschwingt, wobei er ihr bisweilen zulächelte, ohne dass sie auf irgendeine Weise reagierte. Doch Enrico glaubte zu sehen, wie die Wolken ihrer Gedanken vorbeizogen, ein Nebel in ihrem Inneren, vom Nebel draußen aufgenommen und fortgetragen.

An einem dieser Abende trat Enrico mit der höflichen Frage an ihren Tisch, ob irgendeine spezielle Melodie ihr Freude machen würde. Er hatte englisch gesprochen, doch sie antwortete auf Französisch. Ihre Stimme war klar, dunkel im Ton, mit fremdem Klang. Er könne spielen, was er wolle. Somit setzte sich Enrico wieder an den Flügel. Um halb elf, als die Gäste ausblieben, schloss er behutsam den Steinway, wobei er beobachtete, dass die Frau ihm gespannt entgegensah. Er leistete der stummen Aufforderung Folge, fragte, ob er sie zu einem Drink einladen dürfe. Während Enrico Champagner bestellte, nahm er ihr Parfüm wahr, das nach Rose und Honig duftete. Weil sie ihn mit schweigsamer Sympathie betrachtete, sagte Enrico, dass er sie schon zuvor im »Mont Cervin« gesehen habe. Sie nickte. Ja, sie sei oft mit ihrem Mann hier gewesen, der das Hotel sehr geliebt habe.

Sie setzte hinzu: »Sehen Sie, ich bin Witwe.«

Enrico wechselte taktvoll das Thema. Er habe auch bemerkt, dass sie aufmerksam sein Spiel verfolgte. Aufmerksamer als viele jedenfalls. Da endlich rührte sie sich.

»Sie spielen wie mein Vater.«

»Ach, war auch er Pianist?«

Ihre Augen leuchteten. »Er war ein gefeierter Künstler, trat als Konzertpianist in Europa und in den Vereinigten Staaten auf. Aber bei uns zu Hause spielte er zu seinem Vergnügen. Volkstümliche Weisen oder Unterhaltungsmusik. Wir hatten oft Gäste. Tagsüber war es sehr heiß, aber nachts kam wohltuende Kühle auf. Alle Türen und Fester waren offen, die Gäste tanzten auf der Terrasse. Die Leute auf der Straße blieben stehen, sahen die tanzenden Schatten, hörten das Gläserklingen, das Lachen, die Musik ...«

»In welcher Stadt war das?«, fragte Enrico.

»In Teheran.« Ihr schönes Gesicht wurde starr. »Ich bin Iranerin.«

»Haben Sie die Revolution erlebt?«, fragte er vorsichtig.

»Ich habe alles erlebt, die Demonstrationen, den Krieg.« Sie presste die Lippen zusammen. »Unser vertrautes Selbst- und Weltbild wurde zerbrochen. Wir durften keine bunten Kleider mehr tragen, nicht fröhlich sein. Und keine Musik machen. Musik war verboten.«

»Wie hat Ihr Vater das ertragen?«

»Musik war sein Leben. Er spielte bei geschlossenen Fenstern, ins Ausland durfte er ja nicht mehr reisen. Er sagte: ›Ein Gott, der keine Musik liebt, ist kein Gott.‹ Er wurde verhaftet, unser Steinway zerschlagen. Vater zertrümmerte man die Finger. Als Mutter später seine Hände sah, fiel sie in Ohnmacht.«

Enrico bewegte unwillkürlich seine eigenen, gelenkigen Finger. Die Frau sprach weiter in ihrer sanften, gedämpften Art.

»Ich hatte zwei Brüder, sie kamen nicht aus dem Krieg zurück. Die Minenfelder. Mutter wurde krank. Lungenkrebs. Die Trauer, die Angst, das viele Rauchen. Aber die Krankenhäuser nahmen nur Soldaten auf. Bevor Mutter starb, bat sie meinen Vater, mich ins Ausland zu bringen. Unsere Flucht war ein Albtraum. Es war Winter, im Gebirge froren mir fast die Zehen ein. Wir hatten Verwandte in Paris, die uns halfen. Mein Vater unterrichtete Privatschüler. Mich schickte er auf die Musikhochschule.«

»Waren Sie begabt?«, unterbrach sie Enrico.

»Ich war ein musikalisches Wunderkind.«

Sie sprach ganz nüchtern, stellte lediglich eine Tatsache fest.

»Ihr Vater war gewiss froh darüber.«

»Er wurde wahnsinnig.«

Die Frau sah Enrico voll ins Gesicht, ihre Augen hatten jetzt einen dämmrigen, rätselhaften Blick. Ihm wurde plötzlich kalt.

»Wahnsinn lässt sich nicht erklären«, fuhr sie fort. »Mein Vater hatte sich jeden Bissen vom Mund abgespart, damit ich ausgebildet wurde. Und jetzt konnte er meine Begabung nicht ertragen. Er versuchte, sich das Leben zu nehmen. Sie verstehen?«

Nicht ganz, dachte Enrico und schüttelte nur wortlos den Kopf. Gelassen sprach sie weiter.

»Ich liebte meinen Vater über alles. Ich war vierzehn, ein leidenschaftliches Mädchen und wollte ihn retten. Es gab nicht viele Möglichkeiten. Es gab im Grunde nur eine. Ich nahm ein Hackmesser. Da, sehen Sie die Narbe?«

Sie hielt ihm eine Hand hin. Enrico sah die feine, weiße Narbe und wusste sofort, dass sie nie eine Pianistin hätte werden können. Die Frau sprach weiter, als ob sie sein Entsetzen nicht wahrnehmen würde.

»Ich dachte, dass ich wohl leben könnte, ohne Musik zu machen.«

»Und Ihr Vater?«

Enrico brachte die Frage nur mit Mühe über die Lippen.

»Ich sagte ihm, es sei ein Unfall gewesen. Ich weiß nicht, ob er mir glaubte. Heute Abend erinnere ich mich daran, wie er weinte. Aber seine Anfälle wurden bald milder, und nach einer gewissen Zeit verschwanden sie ganz. Mit zwanzig heiratete ich einen reichen Mann. Bevor er starb, erlebte mein Vater noch, wie seine Enkelkinder groß wurden. Jetzt sind beide erwachsen. Ich habe wenig zu tun. Ich reise, ich sehe mir die Welt an …«

Ein Schweigen folgte, das Enrico mit belegter Stimme brach.

»Und Ihr Mann, kannte er diese Geschichte?«

Sie schüttelte sanft den Kopf.

»Auch Vater und ich sprachen niemals darüber.«

Enrico fühlte sein Herz pochen.

»Ich bin der Einzige, der es weiß? Warum?«

Der Hauch eines Lächelns trat in ihre Mundwinkel.

»Vielleicht, weil Sie wie mein Vater spielen?«

Enrico verbarg eine Spur von Eitelkeit.

»Sie hätten gewiss auch so gut gespielt.«

Ihr Lächeln wurde leicht überheblich.

»Nein, besser.«

Enrico zog es vor, die Antwort zu übergehen.

»War das der einzige Grund? Weil ich wie Ihr Vater spiele?«

»Nein. Sie gefallen mir. Ich bliebe gern einige Tage mit Ihnen, irgendwo. Selbstverständlich nur, wenn Sie Zeit und Lust haben.«

Die Aufforderung traf ihn unvorbereitet. Wirklich erstaunlich, dass sie so schlicht davon sprach. Sie war eine ungewöhnliche Frau. Doch Enrico war ein Mensch, der Komplikationen lieber aus dem Weg ging.

»Madame«, sagte er und kam sich recht spießig vor, »ich bin verheiratet und glücklich mit meiner Frau.«

Sie rückte leicht von ihm ab. Ihre Augen flackerten.

»Es ist schon so, dass wir oft die Schwierigkeiten vergessen, die uns das Leben entgegenstellt...«, entgegnete sie leise.

Sie erhob sich, nahm ihre Abendtasche. Er erhob sich auch, fast linkisch standen sie sich gegenüber.

»Dann gute Nacht«, sagte sie.

»Bis morgen«, erwiderte er.

Sie lächelte nur, jugendlich und herzzerreißend. Dann wandte sie sich ab, wobei sie ein wenig wankte. Enrico griff nach ihrem Arm, doch sie wich ihm aus, ging mit aufrechtem Rücken dem Lift entgegen. Enrico sah das Kerzenlicht auf ihrem Haar funkeln, versuchte aber nicht, ihr zu folgen.

Am nächsten Abend wartete Enrico vergeblich auf sie. Er war unruhig, spielte geistesabwesend, mit dem irritierenden Gefühl einer verpassten Gelegenheit. Am nächsten Morgen erkundigte er sich an der Rezeption. Dort sagte ihm der Concierge, dass die Dame abgereist sei.

Enrico sah die Frau nie wieder.

Zivilcourage im Frühstücksraum

Einige Beobachtungen in Luzerner Hotels,
erstmals erschienen 2015 in »Die Zeit«.

Vor nicht allzu langer Zeit gab es zum Frühstück in den Schweizer Durchschnittshotels ein Glas Orangensaft, ein Gipfeli, ein Mohnbrötchen und eine Scheibe Roggenbrot. Dazu eine Miniportion Butter, zwei Miniportionen Konfitüre und Käse. Kaffee und Milch in Silberkännchen. Fertig! In etwas nobleren Häusern wurden dazu noch Joghurt, Müesli und ein Ei serviert. Der Käse lag auf einem Silberplateau, die Konfitüre war in Glastöpfchen bereitgestellt. Beim Aufbruch fischte man sich noch einen Apfel aus dem Korb. Und alle waren zufrieden. Heute bietet nahezu jedes Hotel ein Frühstücksbuffet mit allem Schnickschnack. Und allmorgendlich um sieben Uhr dreißig beginnen die Probleme.

So in Luzern, wie unlängst die Hoteldirektorin eines Viersternehauses lauthals in den Medien klagte. Ihre ausländischen Gäste bedienen sich ausgiebig am großen Buffet, nehmen ein oder zwei Bissen und eilen davon. Zurück bleiben die noch randvoll gefüllten Teller. »Mir reichts!«, muss sich die Frau gedacht haben, als sie Mahntäfelchen in Englisch und Mandarin auf die Tische stellte. Und darauf drohte, den Frühstücksraum mit Fotos von ausgehungerten Flüchtlingskindern zu garnieren, so sich die Gäste nicht besser zu benehmen wüssten.

Wobei die Direktorin auf der Welle ihrer heiligen – und durchaus gerechtfertigten Empörung – etwas zu weit hinaus auf den Pazifischen Ozean surfte. So meinte eine Hotelfachfrau, die sich in die Diskussion einschaltete, man könnte bereits viel erreichen, wenn man einen Teil der asiatischen Gäste mit Nudelsuppe und Reis beglücke, den anderen mit einem scharfen Currygericht. Müesli und Weißbrot seien eben nicht ihr Ding.

De facto stimmt das. In Sachen Hotellerie blickt die Schweiz auf viel Erfahrung zurück. Und man weist hierzulande nicht unbegründet auf die »Essgewohnheiten fremder Kulturen« hin. Aber muss man sich im Namen der Gastfreundschaft wirklich alles gefallen lassen?

Das Problem liegt nicht nur bei Nudelsuppe und Curry, sondern auch beim Verhalten einer aufstrebenden Zivilgesellschaft, die schnell zu viel Geld gekommen ist, die aber – wie meine Mutter selig es überspitzt formuliert hätte – »keine allzu gute Kinderstube hatte«. Denn was, bei aller Rücksicht, nicht aus der Welt geschafft wird, sind die für unser Empfinden unappetitlichen Nebengeräusche: Schlürfen, Schmatzen, Rülpsen. Einst hat im fernen China ein gewisser »großer Steuermann« namens Mao Zedong seinen Massen ein rotes Büchlein beschert, das brav geschwenkt wurde. Er hat eine altehrwürdige Ideogrammschrift slogantauglich vereinfachen lassen. Und die Worte »bitte« und »danke« als degeneriertbürgerlich verboten. Und noch heute wird jede Kritik aufgeklärter Geister erbarmungslos erstickt. Ein begnadeter Künstler hat Ausreiseverbot, ein Friedensnobelpreisträger muss

Steine klopfen! Kein Wunder also, dass Steuermanns Enkel bei ihrer ersten Auslandsreise nicht einwandfrei den Knigge beherrschen.

Abhilfe würde, wie bereits in manchen Hotels üblich, ein gesonderter Raum schaffen. Was die einen erleichtert begrüßen und die anderen schockiert als »Apartheid« anprangern.

Und wo wir schon am Meckern sind: Da sind ja auch noch unsere lautstarken Cousins aus Übersee, die auf ihren Tischen ein Plastikdurcheinander hinterlassen. Warum sind wir peinlich berührt, wenn sich Onkel Sams Muskelpakete in Schweizer Frühstücksräumen ruhestörend breitmachen? Wohl wissend, dass das ethische und ökologische Bewusstsein noch nicht in ihrer Wegwerfgesellschaft angekommen ist?

Woher sollen Steuermanns Enkel und unsere Cousins wissen, dass im Schweizer Gastgewerbe ein herablassender Ton unerwünscht ist? Dass man den Mitarbeitern zumindest ein »bitte« und ein »danke« schuldet? Ganz zu schweigen von den verhüllten Gästen in Nobelhotels, die ihr Essen seelenruhig in der Suite brutzeln und Löcher in den Perserteppich brennen.

Und last, but not least könnte es auch unseren jugendlichen Eidgenossen nicht schaden, ihr generelles Betragen im Ausland (und nicht nur in fremden Frühstücksräumen) zu überprüfen …

Tja. Ein französisches Sprichwort sagt: »Il faut ménager la chèvre et le chou« (Man muss die Ziege und den Kohl schonen). Aber die Ziege wird geschlachtet und der Kohl gekocht. Heutzutage macht sich jeder Hotelmanager darauf gefasst, dass manch ein Gast – aus welchem Land auch immer – sich nicht nur mit einer Banane zufriedengibt, sondern gleich das ganze Bündel als Reiseproviant in den Rucksack stopft.

Folglich appelliert man an die Toleranz. Aber Toleranz wird immer dann gefordert, wenn Rücksichtslosigkeit einsetzt. Und damit kommt man nicht weiter. Was heute von uns gefordert wird – um das Wischiwaschi-Wort Toleranz zu vermeiden –, ist das Bewusstsein, dass die Gäste aus anderen Breitengraden erst beginnen, die Welt zu entdecken. Aber sie lernen. Und sie lernen schnell.

Und somit sollte unsere Zivilcourage darin bestehen, den leicht verunsicherten Besuchern mit freundlichem Beispiel zu zeigen, was eine höfliche Gesellschaft von uns verlangt – und was sie uns gibt. Und das ist nicht Toleranz, sondern Investition: Wir investieren in ein harmonisches Zusammenleben. Und nicht nur im Gastgewerbe, sondern in den menschlichen Beziehungen im Allgemeinen. Dann würde, ohne Mahnschilder und traurige Kindergesichter, Ruhe in die Frühstücksräume einziehen. Die einen würden ihre Nudelsuppe (leise) schlürfen, die anderen ihr Dreiminutenei löffeln, und alle könnten den Tag in friedlicher Eintracht beginnen.

Die Verwandlung der Welt

Der Text wurde 2013 für das Kinderhilfswerk
Plan International Schweiz geschrieben, das für
Gleichberechtigung und Bildung der Mädchen kämpft.

»Und der König gab dem Prinzen seine Tochter zur Frau …«

So enden die Märchen. Die Hochzeit wird gefeiert, und alle freuen sich.

Dass diese Welt sich verändern muss, ist eine Priorität, eine absolute Notwendigkeit. Und zwar nicht erst in hundert Jahren, sondern sofort, wir haben keine Geduld mehr! In vielen Ländern ist das fürchterliche Schicksal kleiner Mädchen wie das Spiegelbild der Rolle, die der erwachsenen Frau in der Familie und in der Gesellschaft zugebilligt wird. Immer wieder wird betont, dass die Aufgabe der Frau von Gott und der Natur festgelegt wurde und dass diese Gesetze nicht gebrochen werden dürfen. Mädchen gelten als überangepasst und konfliktunfähig, als sicheres Gut des Mannes wie Schafe, Kamelstuten oder Olivenhaine sowie als gehorsame Trägerinnen der Familienehre. Dahinter steckt ein perfider Schwindel, eine Verschwörung, die jedes Mädchen zur Sklavin stempelt. Dass Mädchen eigenständige kleine Persönlichkeiten sind, mit Herz, Gefühl und Verstand, fällt dabei nicht ins Gewicht.

Heute kann man wohl sagen, dass der grundlegende Unterschied zwischen einer reifen und einer zurückgebliebenen Gesellschaft ganz einfach der ist, dass in der einen die Mädchen normale Individuen sein dürfen und in der anderen nur Organismen sind, die der Fortpflanzung dienen. In solchen Gesellschaften sind Mädchen stets unterernährt, haben keinen Zugang zur medizinischen Versorgung und schon gar nicht zur Bildung. In einem Alter, da der heranwachsende Mensch mit neugierigen Augen und wachem Geist die Welt entdeckt, müssen diese Mädchen sich verhüllen – bei gewissen Völkern sogar schon als Kleinkind! –, ihre Sicht wird eingeschränkt, sie leiden unter Ohrenkrankheiten. Ihr Bewegungsdrang wird gedrosselt, ihr Körper kennt weder Sonne noch Luft und kann sich nicht entwickeln. Diese armen Geschöpfe werden um ihre Kindheit betrogen. Zehnjährige werden bereits verheiratet, oft an Männer, alt genug, um ihre Großväter sein zu können! Mit zwölf oder dreizehn haben sie ihr erstes Kind. Ihr Körper ist noch nicht bereit für die Schwangerschaft, sie leiden große Schmerzen. Nun, das Baby könnte sie dafür entschädigen. Eine lebendige Puppe, die man verhätscheln und umsorgen kann! Aber da sind noch die häuslichen Pflichten, die auf ihren Schultern lasten. Und schon ein Jahr später das zweite Kind. Das dritte folgt. Der Organismus hält das nicht aus, die Gewebe reißen.

In einem Alter, in dem andere, glückliche Mädchen die Schule besuchen, Sport treiben, tanzen und ihre Jugend in vollen Zügen genießen, verlieren kleine Gefangene ihre Gesundheit, sind schon verbraucht, bevor sie erwachsen sind. Denn immer wieder schöpfen die ungeborenen Kinder ihre Lebenskraft aus einem Körper, der selbst keine Kraft mehr in sich hat. Die Mädchen verlieren Blut, Kot und Urin. Sie schämen sich sehr. Sie werden invalide. Ihr Leben ist zu Ende, bevor es richtig begonnen hat. Nicht genug: Mädchen werden beschnitten, verstümmelt, vor der Hochzeitsnacht »aufgemacht« und nach jeder Geburt wieder »zugenäht«. Alles ist auf ihren Unterleib bezogen! Archaische Rituale wenden die perversesten Grausamkeiten an, um Mädchen und junge Frauen »in ihre Schranken« zu weisen. Darüber hinaus zeigen Zwangsheiraten, Mädchenhandel und Prostitution das ganze Elend einseitig männlich geprägter Kulturen. Die Gewaltherrschaft der Väter, Brüder und doppelzüngiger Moralapostel macht auch die Frauen und Mütter zu Komplizinnen. Weil sie ja nur in der Tyrannei des Alters die Entschädigung für die Ausbeutung in ihrer Jugend finden.

Wie kann diese instrumentalisierte Ausbeutung der Kindheit, diese sinnlose Vergeudung des menschlichen Potenzials, endlich gebrochen werden? Die Auflehnung der Mädchen ist eine Auflehnung der Menschheit, die unterstützt und gefördert werden muss. Wir können nur Aufklärungsarbeit leisten, die materiellen Rahmenbedingungen schaffen. Die Auflehnung selbst muss von den Heranwachsenden ausgehen, die gelernt haben, nicht mehr als Karikatur des »naturgewollten Selbstopfers« ihr Dasein zu fristen. Denn nur gebildete junge Frauen können sich befreien und den Unabhängigkeitskampf auch für ihre ausgebeuteten Mütter führen.

Doch es gibt etwas Wesentliches, das gesagt werden muss. Schülerinnen müssen diese Erkenntnis in sich tragen, als Waffe für den Kampf. Die schnöde Wahrheit ist nämlich, dass man Angst vor ihnen hat! Warum sonst werden Mädchenschulen in die Luft gesprengt? Zwölfjährige mit Büchern unter dem Arm mit Säure übergossen, Bomben auf dem Weg ihrer Schulbusse gelegt? Die Feiglinge, die kleine Mädchen bekämpfen, wissen genau: Haben Mädchen Zugang zur Bildung, verändern sie die Welt. Das darf – in ihren Augen – um keinen Preis geschehen, sonst ist ihre Herrschaft bald ein Trümmerhaufen. Das sollte lieber heute als morgen geschehen, aber das giftgetränkte Unkraut wuchert überall, hat bereits zähe, tiefe Wurzeln geschlagen. So unvorstellbar schrecklich es ist, hier gilt es, durchzuhalten! Die Freiheit ist niemals ein Geschenk. Die Freiheit fordert Tränen, Opfer und Blut. Jedes Mädchen muss eine kleine Kriegerin werden, wie die fünfzehnjährige Malala Yousafzai aus Pakistan, die für alle Kinder die gleiche Bildung fordert. Ein Fanatiker hat ihr eine Kugel in den Kopf gejagt. Aber Malala wurde operiert und gerettet. Sie lässt sich nicht einschüchtern, sie ist ein Vorbild für Millionen. Ihre Feinde haben angedroht, sie überall auf der Welt zu verfolgen. Ach, wie müssen diese Blindwütigen sich vor ihr fürchten!

In meinem Buch »Aischa oder Die Sonne des Lebens« sagt die selbstbewusste Großmutter Ma Djamila zu der jungen, verschüchterten Aischa:

> *Eines musst du wissen: Für eine Frau bedeutet Ungehorsam kein Laster, sondern eine Tugend. Ungehorsame Frauen werden geachtet, gehorsame mit Füßen getreten.*

Und Aischa sieht ein:

> *Bereits als kleines Kind sind die Mädchen mit dem Weg, den sie gehen müssen, vertraut. Sie sind im Laufgitter der Traditionen gefangen, behindert und begrenzt durch Hemmungen, Vorschriften, unerklärliche dunkle Tabus. In meiner Großmutter aber flackerte eine helle, leuchtende Lebensflamme. Sie dachte, sie handelte, sie vertrat ihre Meinung. Den äußer-*

lichen Hindernissen maß sie keine Bedeutung mehr bei. Sie hatte das Wesentliche bewahrt: die Freiheit des Geistes, die wie ein Eisvogel über dem Wasser fliegt und leuchtet.

In einem anderen Buch, »Tochter des Meeres«, beschreibe ich einen Traum, den viele Mädchen in sich tragen: den Traum der Befreiung. Diese Szene ist nur eine Allegorie, eine Vision. Warum sollte sie nicht in Erfüllung gehen?

In der folgenden Nacht sah ich im Traum ein Mädchen am Strand. Sie hatte ihre Strümpfe und Schuhe ausgezogen, ihre Füße mieden sorgfältig die scharfen Muschelsplitter. Sie blickte aufs Meer hinaus, atmete tief und langsam die nahrhafte Luft ein. Die Sonne war noch nicht aufgegangen. Das kühle, helle Frühlicht, hauchfein wie eine Seifenblase, ließ sie erschauern. Tausende von Möwen und Seeschwalben flogen und drehten sich im Gleitflug, suchten Nahrung zwischen Steingeröll und Pfützen. Ihre Schreie erfüllten die Luft, mischten sich in das Flattern des Windes.
Das Mädchen konnte nicht schwimmen. Das machte nichts. Sie wusste, dass am Ufer der Sand sanft abfiel. Sie löste zuerst ihr Kopftuch, hob es hoch in die Luft. Ihre Finger öffneten sich, der Luftstrom riss es ihr aus der Hand. Ein unbedeutendes Stück Stoff, das der Wind über den Strand wirbelte. Dann öffnete das Mädchen ihr Mantelkleid, ließ die graue Hülle über ihre Schultern gleiten, stieß sie mit dem Fuß weg. Ihr Leben vorher? Ihre Anpassung, ihr Gehorsam, ihre eingedrillten Überzeugungen? Strandgut! Das Mädchen trug jetzt nur noch T-Shirt und Shorts. Diese Kleidungsstücke waren nicht ihre eigenen. Sie hatte sie am Abend zuvor bei ihrer Freundin ausgeliehen.

Langsam, etwas zögernd noch, watete das Mädchen ins Wasser. Sie fröstelte, als die kleinen, kühlen Wellen ihre nackten Beine umspülten. Noch war ihr Haar zu einem straffen Knoten geschlungen. Das Mädchen zog einige Spangen heraus. Ihr aufgelöstes Haar fiel weit über Rücken und Schultern. Sie hob es mit beiden Händen, bewegte den Kopf hin und her in Freiheit und Licht. Tiefer stieg sie in die Wellen. Sachte jetzt, sachte … nicht zu schnell, nicht zu tief. Noch einen Schritt und noch einen. Die Helligkeit nahm ständig zu. Das Mädchen war wie berauscht. Dieser ganz neue Tag gehörte nur ihr! Sie hätte vor Glück lachen, schreien, singen können. Überwältigt schloss sie die Augen. Vorsicht! Nicht weitergehen, solange sie noch nicht schwimmen konnte. Und plötzlich spürte sie einen warmen Hauch. Und als das Mädchen die Augen öffnete, sah sie vor sich die Sonne am Himmelsrand leuchten. Da hob sie beide Arme wie eine Siegerin. Und mit triumphierendem Lachen hieß sie die Freiheit willkommen.

Liebe kleine Schwestern überall auf der Welt, macht, dass dieser Traum auch für euch in Erfüllung geht! Schenkt eurem Geist Licht und euren Herzen Freiheit! Macht aus eurem Gefängnis ein Haus ohne Wände! Denn je größer das Leiden, umso intensiver die Kraft! Nie mehr soll eine Tradition euren Gehorsam rühmen, sondern euren Lebensmut, eure Klugheit und eure Kraft. Auf diese Weise werdet ihr die Welt verwandeln. Nicht nur zu eurem eigenen Wohl. Sondern zum Wohl der Menschheit.

Brief an eine pakistanische Schülerin

Dieser Text wurde ebenfalls für Plan International Schweiz geschrieben. Malala Yousafzai erhielt 2014 den Friedensnobelpreis. 2020 schloss sie ihr Studium der Philosophie, Politik und Wirtschaft in Oxford ab und lebt heute mit ihrem Mann in Birmingham.

Liebe Malala

Du bist die pakistanische Schülerin, die an einem Morgen wie jedem anderen in ihren Schulbus stieg. Kurz vor der Abfahrt sprang ein Unbekannter in den Wagen.

»Wer ist Malala?«, rief er, und unwillkürlich deuteten alle Schülerinnen auf das einzige Mädchen ohne Gesichtsschleier. Der Taliban schoss Dir in den Kopf. Deine Schädeldecke platzte auf, ein Teil der Hirnhaut lag frei. Ziel des Fanatikers war, Dich für deine Eigenständigkeit zu strafen und alle Mädchen derart einzuschüchtern, dass sie der Schule fernblieben. Du warst gerade fünfzehn Jahre alt. In Deiner Heimat konntest Du nicht gerettet werden. Deine verzweifelten Eltern suchten Hilfe. Ein Flugzeug brachte Dich nach London, wo Chirurgen den zertrümmerten Schädelknochen durch eine Stahlplatte ersetzten. Nach zwei langen, komplizierten Operationen, nach Monaten der Rekonvaleszenz konntest Du wieder sehen, Dich bewegen, sprechen. Und – o Wunder –Deine geistigen Fähigkeiten waren intakt!

Und Du sagtest: »Ich habe keine Angst. Ich werde weiterkämpfen!«

Du wurdest als mutigstes Kind der Welt ausgezeichnet. UNO-Generalsekretär Ban Ki Moon nannte Dich eine Heldin. Hillary Clinton und Gordon Brown sprachen Dir ihre Bewunderung aus. Deine plötzliche Berühmtheit beeindruckte Dich wenig. Im rosa Kleid, Deine furchtbare Narbe unter einem leichten rosa Schleier verborgen, sprachst Du vor den Vereinten Nationen: »Ich habe noch so viel zu tun! Ich will, dass alle Kinder auf der ganzen Welt zur Schule gehen können!«

Jetzt bist Du für Millionen von Mädchen ein leuchtendes Vorbild. Du hast die Diskriminierung am eigenen Leib erfahren. Du weißt, dass man in vielen Gesellschaften Mädchen misshandelt, verstümmelt, vergewaltigt oder als Zehnjährige mit alten Männern verheiratet. Sie werden von jeder Bildung ferngehalten. Sie könnten ja anfangen zu denken, was die Gesellschaft von Grund auf verändern würde. Die Fanatiker wollen das um keinen Preis, auch wenn sie selbst von Handy, Computer und Langstreckenraketen eifrig Gebrauch machen. Wenn von Verbrechen an der Menschheit die Rede ist, denkt man an Massenmorde und Giftgasanschläge. Aber nicht an die unzähligen Mädchen, die nie das Licht der Welt erblicken werden. Die Väter lassen die Geburt nicht zu, die Mütter reden sich ein, dass Mädchen wertlos sind. Aus Angst und Unwissenheit begehen sie das schlimmste Verbrechen, zu dem eine Gesellschaft sich hinreißen lässt. Sie schaufelt dabei ihr eigenes Grab. Denn je weniger Mädchen am Leben bleiben, desto stärker wächst das Elend. Die Männer finden keine Frauen und bekämpfen einander, Erbkrankheiten breiten sich aus, das Volk verkümmert. Es ist nicht nur die Armut, sondern ein rückständiges Denken, ein Verhaftetsein in archaischen religiösen Vorstellungen, das diese Menschen unfähig macht, sich zu entwickeln. Der Verlust an menschlichem Potenzial ist enorm. Welche Technologien können nie erfunden werden? Welche Wissenschaften nie vertieft? Welche Bauwerke nie errichtet, welche Filme nie gedreht, welche Bücher nie geschrieben?

Malala, Du hast begriffen, dass nur die Bildung diesem Horror ein Ende setzen kann. Du willst, dass alle Kinder aus grausam bornierten Zwangsvorstellungen ausbrechen, ihre Kreativität und Erfindungskraft, ihr Mitgefühl und ihre Toleranz zum Wohl der Gemeinschaft einsetzen. Den Fanatikern passt das nicht in den Kram. Nach Pakistan kannst du nicht mehr zurück. Großbritannien hat Dir und Deiner Familie politisches Asyl gewährt. Aber die Taliban haben gedroht, dass sie Dich überall auf der Welt verfolgen und töten werden.

Was für eine Riesenangst müssen sie vor Dir haben, diese Feiglinge! Denn Du lässt Dich nicht einschüchtern. Du bist das mutigste Kind der Welt und setzt Dein Leben aufs Spiel in der beharrlichen Zuversicht, dass alle Menschen aus ihrem Dunkel ins Licht treten können und endlich, endlich zivilisiert werden.

Das Drachenschiff

Dies ist eine wahre Geschichte, und Johanni ist der Enkel meiner langjährigen Freundin. Aufgeschrieben habe ich sie im Jahr 2021.

Seit dem Herbst war Johanni im zweiten Schuljahr. Er war sehr unbefangen und neugierig, wollte immer alles ganz genau wissen und gründlich erklärt haben, sodass die anderen Kinder kaum zu Wort kamen. »Der Junge ist eine Nervensäge«, hatte unlängst Frau Henning im Lehrerzimmer geseufzt.

Zu Hause war es nicht viel anders. »Frag Opa!«, sagte der Vater, wenn Johanni ihn mit Fragen bestürmte. Johanni ging ohnehin sehr gern zu den Großeltern. Omi backte den besten Kuchen der Welt, und für Opa war Johanni nie ein Quälgeist. Opa blieb immer geduldig und erzählte viel Spannendes. Er sagte zum Beispiel: »Siehst du, so funktioniert eine Uhr.« Und er zeigte ihm, wie man eine Batterie auswechselt.

»Es ist gar nicht so schwierig, das könnte sogar ich«, meinte Johanni.

»Davon bin ich überzeugt«, antwortete Opa heiter.

Er erklärte ihm, wie man früher Häuser baute. »Zur Zeit der Griechen und der Römer waren die Häuser aus gutem Stein mit Marmorwänden. Sie waren fest und stabil und gleichzeitig elastisch. Sie konnten Erdbeben überstehen. Einige Ruinen siehst du ja noch heute. Sie hatten sogar Badezimmer. Später, in der Renaissance, wuschen sich nur die Araber. In Europa parfümierten sich die Leute, weil sie so schlecht rochen. Sogar die Könige stanken.«

»Hatten sie denn kein Klo?«, fragte Johanni.

»Nur einen Stuhl mit einem Loch. Darunter war eine Schüssel, die man täglich leeren musste.«

»Igitt!«, rief Johanni und lachte sich krumm.

Opa lag auf einem Sofa, eine Decke auf den Knien, und Omi brachte ihm Tee. Kuchen konnte der Großvater nicht mehr essen. Der Kuchen war nur für Johanni.

»Das Kind wird zu sehr verwöhnt!«, klagte Johannis Mutter.

Opa lächelte.

»Ach, lass ihn, er mag so gerne Streuselkuchen.«

»Und du?«, hatte Johanni mal gefragt. »Warum isst du nie Kuchen?«

»Doch, ich esse auch. Aber nur mit den Augen.«

Johanni wusste, dass Opa krank war. Noch im letzten Sommer war er mit Johanni in den Wald gegangen. Hatte ihm verschiedene Pflanzen gezeigt. Und Schmetterlinge, Ameisen und Bienen. Er hatte ihm Nester gezeigt und beschrieben, wie die kleinen Vögel aus den Eiern schlüpfen und von den Eltern gefüttert werden. Er hatte ihm auch erklärt, warum die Bäume so hoch wuchsen und wie tief sich ihre Wurzeln unter der Erde verbreiteten.

Aber seit dem Herbst durfte Opa sich nicht mehr anstrengen. Und er hatte mit Johanni ganz offen über seine Krankheit gesprochen.

»Siehst du, Johanni, ich habe Krebs. Das haben viele Leute, sogar Kinder.«

»Krebs? Wie das Tier im Wasser?«

»Ja. Der Krebs im Wasser sucht Nahrung. Der Krebs im Körper auch. Er kriecht durch die Knochen, die Gedärme, die Lungen. Und wenn der Krebs in den Organen keine Nahrung mehr findet, muss der Mensch sterben.«

»Ach, warum erzählst du dem Kind solche Dinge?«, hatte die Großmutter mit sanftem Tadel gefragt.

»Weil er Bescheid wissen soll. Das Schlimme gehört zum Leben wie das Gute.«

Er hatte Omi gebeten, ihm ein Buch zu bringen, und hatte Johanni alles ganz genau erklärt. Und später war Omi mit einem Pflaumenkuchen gekommen. Sie lächelte, aber Johanni sah, dass sie geweint hatte. Er war eigentlich viel zu traurig, um zu essen. Aber der Pflaumenkuchen sah so lecker aus, dass er nicht widerstehen konnte.

Und Opa hatte mit den Augen gegessen.

Aber er wurde schnell müde.

»Jetzt nicht mehr, Johanni. Ich möchte mich etwas hinlegen.«

Der Großvater besaß einen großen, beleuchteten Globus. Und am nächsten Tag zeigte er Johanni die Kontinente und erklärte, wie sie entstanden waren. Und er erzählte, wie die Menschen schon früh über die Meere segelten und neue Länder entdeckten.

Als der Großvater noch gesund war, besaß er ein kleines Segelboot. Und seitdem Johanni schwimmen konnte, durfte er mit an Bord. Aber Opa wurde krank und verkaufte das Boot. Omi wollte es nicht mehr haben.

Ja, mit Schiffen kannte Opa sich aus. Er beschrieb Ruderboote, Segler und Dampfschiffe. Und er erzählte, wie die

»Titanic« – das größte Schiff der Welt – in einer Nacht gesunken war. Jedes Küstenvolk, sagte der Großvater, habe seine besonderen Schiffe. Johanni hörte gespannt zu. Er konnte sich alle Schiffe gut vorstellen. Am besten gefielen ihm die Drakkar der Wikinger. Die Wikinger waren gefürchtete Seefahrer, weil sie die Küstendörfer überfielen und plünderten. Aber ihre Schiffe waren wunderschön, mit hohen Segeln. Und der Bug war mit einem großen Drachenkopf verziert. Manche dieser Köpfe waren vergoldet. Sie sahen aus, als schwebten sie über das Meer.

Man fürchtete sich vor Drachen, aber sie waren auch Glücksbringer, Symbole der Erneuerung. Der Großvater erklärte Johanni, was ein Symbol war. Aber die Drakkar hatten noch eine andere Aufgabe. Starb ein König oder eine Königin, wurden sie in einem prachtvollen Sarg einem dieser Schiffe anvertraut. Und der Drakkar trug die Verstorbenen dorthin, wo Wasser und Erde sich trafen. Dort war das Ende der Welt, die Heimat der Toten. Dort gab es keine Herrscher mehr. Sie gehörten zu den Verstorbenen, wie alle anderen auch.

»Die Toten sind sehr glücklich«, sagte der Großvater. »Sie erscheinen den Lebenden im Traum und sagen: ›Habt keine Angst! Wir sterben nur einmal. Wir wissen, dass wir kein zweites Mal sterben müssen, sondern ewig leben.‹ Ist das nicht wunderbar?«

Johanni dachte nach.

»Dann brauchst du ja keine Angst zu haben!«

»Doch, ich habe Angst«, sagte Opa. »Es ist schwierig, zu sterben. Das tut manchmal sehr weh. Und es ist schmerzvoll, wenn man gehen muss und die Familie traurig ist.«

»Ja, das ist wahr«, meinte Johanni, »wir werden alle weinen.«

»Vielleicht weine ich auch«, sagte Opa.

Johanni überlegte weiter.

»Wird das Schiff auch dich zum Ende der Welt bringen?«

Opa schmunzelte.

»Ich bin kein König. Und heutzutage ist ja alles anders. Aber ... wer weiß?«

Opa lebte nicht mehr lange. Er starb im Winter, als der erste Schnee fiel. Es war bitterkalt. Aber alle Leute, die ihn gekannt und geliebt hatten, kamen, um sich von ihm zu verabschieden. Alle waren sehr traurig, und manche weinten.

Opa hatte gesagt, dass er nicht beerdigt sein wollte.

»Unter der Erde ist es dunkel und kalt, und ich bekomme Platzangst.«

Johanni fand es gut, dass seine Asche in eine Urne kam und im Fluss verstreut wurde, ein kleines weißes Wölkchen, das sich mit dem Wasser entfernte. Der Fluss führte zum Meer, wo der Drakkar wartete. Aber das wusste nur Johanni. Omi und die Eltern hatten jetzt viele Dinge zu erledigen. Außerdem fehlten Johanni die Worte, um ihnen zu erklären, was der Großvater ihm anvertraut hatte.

Er wollte es anders machen. Er ging in sein Zimmer und öffnete seinen Malkasten. Das Bild war gerade fertig, als er ins Wohnzimmer gerufen wurde.

Omi hatte eine Himbeertorte gebacken, Opas Lieblingstorte. Sie saß mit Johannis Eltern am Tisch und schenkte Kaffee ein.

»Komm, Johanni«, sagte sie und legte ein großes Stück Torte auf seinen Teller. »Was hast du denn so lange in deinem Zimmer gemacht?«

»Da!«, sagte Johanni und reichte der Großmutter das Bild, das er gerade gemalt hatte.

Das Bild zeigte ein Schiff mit rot-weiß gestreiften Segeln und einem goldenen Drachenkopf. Und am Bug stand Opa, sie erkannten ihn sofort, mit seinem dunklen Pullover und seinem geliebten Brixton-Fiddler-Cap. Und er blickte auf das Ende der Welt.

Alle besahen sich das Bild, während Johanni seine Himbeertorte aß. Die Torte, die Opa am liebsten gemocht hatte.

Johanni wunderte sich nicht, dass alle rote Augen hatten und gleichzeitig lächelten. Ihm kamen ja auch die Tränen, und seine Nase lief. Er schnäuzte sich in seine Serviette.

»Das tut man nicht«, hätte sein Vater jetzt eigentlich sagen müssen.

Doch er sagte kein Wort. Die anderen auch nicht. Alle saßen still da.

»Ich bin nicht mehr traurig«, brach Johanni tapfer das Schweigen. »Ich weiß ja, dass Opa jetzt glücklich ist. Und kann ich noch ein Stück Himbeertorte haben?«

Die Luzerner Hochzeit

2021 für dieses Buch überarbeiteter Text, dessen ursprüngliche Fassung als Vorlage zu einem Theater diente, das 2015 im Rahmen der Seerosen-Events auf dem Vierwaldstättersee aufgeführt wurde.

Das, was an jenem Tag wie eine Operette begann, erscheint mir rückblickend wie der Auftakt zu einer großen Tragödie. Aber ich greife vor.

Damals war ich Lehrerin in einer Primarschule in Luzern. Es war Mittwoch, und ich ging zum Bahnhof, wo ich Claude abholen würde, der von Basel kam. Am Mittwoch arbeitete Claude nur halbtags. Wir hatten dann keine Lust zu kochen und aßen gemütlich in der Stadt. Am Nachmittag hatten ja auch die Kinder schulfrei.

Im Rucksack trug ich das Bastelzeug, das ich am Morgen im Unterricht gebraucht hatte. Draht, Klebpapier, Schere und Nähzeug. Dazu einen kleinen Strauß rote und lila Stoffanemonen. Ich liebe es, mit den Kindern zu basteln. Sie sind voller Fantasie, Neugierde und spontaner Kreativität.

Ich nahm den kürzesten Weg über die Brücke. Eine kräftige Sonne schien, die Reuss funkelte smaragdgrün. Im Gedränge kam ich nur langsam vorwärts. Seit einigen Jahren war Luzern ein Hotspot für Touristen aus Asien. Vor den Hotels schaufelten Busse ihre Ladung exotischer Gäste permanent ein und aus. Sie verstopften die Straßen, drängten und schoben sich in Uhren- und Schmuckgeschäfte. In Souvenirläden half nur Ellbogenarbeit, um eine Minikuhglocke oder einen Regenschirm mit Edelweiß zu ergattern. Sogar die Bänke am Seeufer waren chinesisch beschriftet. Schwäne und Enten wurden fast rund um die Uhr gefüttert. Ihre gute Verdauung brachte Dreck. Man meckerte, aber mit Diskretion. Die Touristen brachten Wohlstand. Das wurde geschätzt, auch wenn ihr ungehemmtes Auftreten für Irritation sorgte. In Luzern spuckt man nicht auf das Pflaster. Man läuft auch nicht bei Rot über die Straße.

Gerade hatte ich das Gewusel hinter mir, als ich ein exotisches Hochzeitspaar bemerkte, das sich vor der Jesuitenkirche fotografieren ließ. Die junge Frau trug ein Brautkleid mit kurzem Schleier. Der Bräutigam war – wie es sich gehört – in Schwarz gekleidet. Beide standen etwas linkisch da und lächelten. Ich fand, dass sie etwas Rührendes an sich hatten. Eben winkte der Fotograf – offenbar ein Profi – den jungen Leuten zu, etwas näher ans Flussufer zu treten. Ich hielt kurz an und ließ sie vorbei, als ein Windstoß der Braut den Blumenschmuck aus dem Haar riss. Blumen und Schleier flogen durch die Luft und wirbelten in die Reuss, wo die Wellen sie sofort wegtrugen, während sich kreischende Möwen auf die vermeintliche Mahlzeit stürzten und Schwäne aus allen Richtungen herbeisausten. Das Brautpaar starrte betreten auf das schnatternde Gewimmel, und der Fotograf machte ein dummes Gesicht.

Ich musste lachen, aber das Brautpaar tat mir leid. Ich ließ den Rucksack von den Schultern gleiten und rief den jungen Leuten zu: »Please, don't worry!« Dann kramte ich mein Zeug hervor und bastelte in Windeseile einen Blumenkranz. Die Anemonen waren lila und rot, außerdem fehlte der Schleier, aber na ja … Ich winkte die junge Frau heran und befestigte den Kranz mit Spangen in ihrem schönen Haar. Inzwischen stellte der Fotograf sein Stativ wieder auf und knipste, und jetzt lächelte das Paar spontan und glücklich. Natürlich hatten sich Leute angesammelt, die alle kräftig Beifall klatschten. Ich konnte eigentlich recht stolz auf mich sein!

Nach Beendigung der Aufnahmen bedankte sich das junge Paar voller überschwänglicher Herzlichkeit. Es sei ihnen schon jetzt klar, dass sie diese Episode ihr Leben lang nicht vergessen würden!

»Ich auch nicht«, erwiderte ich.

Wir schüttelten uns die Hände. Ich stellte mich vor: Sandra. Die beiden nannten ihre chinesischen Namen.

»Ich bin Nora Wong, und das ist Peter Sen.«

So chinesisch waren ihre Namen nun auch wieder nicht. Eine Mixtur. Ich wunderte mich, stellte aber keine Fragen. Nora nestelte an ihren Spangen. Sie wollte mir den Kranz zurückgeben. Ich winkte ab.

»Nein, nein, Brautschmuck muss man behalten!«

Sie lachte etwas verlegen.

»Eigentlich ist es eine Fake-Hochzeit. Wir sind schon verheiratet. Aber wir träumten von einer Hochzeitsreise in die Schweiz. Wer weiß, wie lange das für uns noch möglich ist …«

»Eine Agentur hat alles organisiert«, erklärte Peter. »Reise, Unterkunft und Helmut.«

Er deutete auf den Fotografen, der seine Sachen eingepackt hatte und zufrieden zu uns trat.

»Mal was anderes«, meinte der. »Das gibt eine schöne Erinnerung.«

Ich staunte, dass man alles von China aus vorbereiten konnte, doch Nora sagte: »Wir kommen nicht aus China, sondern aus Hongkong. Das ist etwas anderes …«

Peter nickte. Seine Stimme klang leicht sarkastisch.

»Hongkong gehörte seit 1841 der englischen Krone, wie man früher so schön sagte. Und viele von uns tragen englische Vornamen.«

»Deswegen sprecht ihr auch so gut Englisch!«

»Deswegen, ja. Aber nach hundertfünfzig Jahren britischer Besatzung wurde Hongkong 1997 an die Volksrepublik China zurückgegeben.«

Vielleicht nicht nur deswegen, dachte ich. Da war noch etwas anderes, etwas sehr Subtiles, das den Unterschied ausmachte. Aber ich wusste nicht, was es sein konnte.

Inzwischen wandte sich Nora mir zu: »Unser Hochzeitsessen wird im Hotel Des Balances serviert, wo wir auch wohnen. Aber ein Hochzeitsessen ohne Gäste? Komm, wir laden dich ein! Der Tisch ist für vier Personen gedeckt.«

Ich bedankte mich herzlich, erklärte jedoch, dass ich meinen Partner abholen wollte, der soeben mit dem Zug aus Basel eintraf. Und sofort riefen beide, dass mein Partner auch willkommen sei. Ich dachte, warum nicht, zog mein Smartphone aus der Tasche und rief Claude an. Und es dauerte nur einige Minuten, bis er sich atemlos und amüsiert zu uns gesellte.

Im Restaurant war alles schon vorbereitet, der Tisch festlich gedeckt. Helmut allerdings bestellte einen Café crème, sonst nichts. Man würde ihm das Essen später servieren. Er musste ja arbeiten, sagte er grinsend und packte sein Material wieder aus. Und er wollte nicht nur ein Fotoshooting. Er suchte eine künstlerische Aussage.

Die Agentur hatte auf jedes Detail geachtet. Das Essen war exquisit, die Weine erlesen. Die Unterhaltung verlief zunächst lustig und unbeschwert. Peter und Nora wollten wissen, wer wir waren. Wir erzählten also von uns. Und dann wollten wir wissen, wer sie waren, und beide erzählten von sich.

Peter war Chemielehrer an einer Hochschule. Nora leitete Computerprogramme.

»Vielleicht sollte ich mir einen neuen Job suchen«, setzte sie hinzu. Es hörte sich an, als ob sie zu sich selbst gesprochen hätte.

»Gefällt dir dein Beruf nicht mehr?«, fragte Claude.

Sie schüttelte den Kopf, blieb ihm die Antwort schuldig.

»Nora, hier dürfen wir frei sprechen«, sagte Peter.

Sie bewegte zustimmend die Hand, und er nickte uns traurig zu.

»Sie wird bespitzelt.«

»Bespitzelt? Von wem?«

Sie erwiderte zögernd: »Hongkong ist mittlerweile ja Teil der Volksrepublik China. Und im Prinzip eine Sonderverwaltungszone. ›Ein Land, zwei Systeme‹. Das sollte bis 2047 so bleiben. Am Anfang haben wir wirklich gedacht, uns würde nie etwas passieren. Hongkong ist ein zentraler Ort für die Börse und für internationale Unternehmen. Wir dachten, China braucht uns. Aber China hat genug von uns gelernt und braucht uns nicht mehr.«

Das Gespräch nahm eine Wendung, die wenig zu einem Hochzeitsessen passte, Fake oder nicht.

»Und jetzt?«, fragte Claude.

»Jetzt wird es ungemütlich. Eigentlich war die englische Besatzung nur noch eine Formsache. Wir hatten Redefreiheit, Pressefreiheit, eine unabhängige Justiz. Inzwischen lag das

Mutterland mit der Nase im Dreck. Dann rief Mao Zedong die Volksrepublik aus. Das war 1949. Maos spätere Politik des ›Großen Sprungs nach vorn‹ und der Einfluss der berüchtigten ›Viererbande‹ verstärkten das Chaos. Hinrichtungen, Epidemien, Hungersnot. Man kratzte Wurzeln aus der Erde, um zu überleben. Leute, die in Luzern diamantene Uhren kaufen, sollten sich daran erinnern. Na gut, es funktionierte. Chinas Wohlstand wuchs. Desgleichen seine Militärindustrie. Heute schickt China eine Sonde auf den Mond, die nächste auf den Mars. Und jetzt hat die Partei den Größenwahn. Eine Diktatur, genannt Volksrepublik. Der Einzelne kann nur noch gehorchen. Wer zu viel denkt, landet im Knast oder in der Irrenanstalt. Aber wir in Hongkong haben noch die Kraft, uns zu wehren. Bei uns wird randaliert. Doch China duldet keine Opposition. China hat Angst vor der Ansteckung. Nicht nur vor Corona, nein. Vor der Freiheit. Die Freiheit ist eine Pandemie. In Hongkong schießt die Polizei in die Menge. Für Aktivisten gibt es Zwangsarbeit, Folter, medizinische Experimente. Darüber hinaus wird die ganze Familie festgenommen, von der Großmutter bis zum Kleinkind. Die große Säuberung. Und auch darin hat Peking das richtige Know-how.«

Peter und Nora sahen uns traurig an.

»Wir sagen laut, was wir denken – das ist sehr gefährlich.«

Ein eleganter Weißwein zum Fisch, ein delikates Gemüse. Danach ein Parfait glacé. Und als Beigabe eine Horrorschilderung nach der anderen. Helmut befasste sich kaum noch mit irgendwelcher künstlerischen Aussage. Er hörte nur zu. Und Claude und mir war definitiv der Appetit vergangen.

»Und es wird nicht besser«, sagte Peter. »Die Partei hat verkündet, dass sie fortan gegenüber der Welt der ›Diplomatie der Wölfe‹ folgen wird.«

»Was ist denn das?«, fragte Claude.

»Keine Kritik dulden, keine Konzessionen machen. Sich niemals entschuldigen. Und stets mit Vergeltung drohen. Die Partei beansprucht Unfehlbarkeit. Wie der Papst.«

»Und was steckt dahinter?«

Diesmal antwortete Nora: »Ein gewaltiger Komplex. China, eine der ältesten Hochkulturen der Welt, war für viele Jahrhunderte Zankapfel der Kolonialmächte. Unter Aufbietung seiner ganzen Kraft hat das Volk sich freigekämpft. Und musste erleben, wie sein größter Held, Mao Zedong, noch zu Lebzeiten seinen eigenen Kult begründete. Man baute ihm ein Mausoleum. ›Und wie steht es mit der Armut?‹, wirst du fragen. Armut? Im heutigen China? Die Partei wird schimpfen und zetern: ›Alles nur Lügen, Verleumdung, Rufmord! Uns geht es blendend, die Wirtschaft boomt. Wir können uns die ganze Welt leisten!‹ «

»Was die Partei wirklich will, ist Revanche«, sagte abschließend Peter. »Einst wurde China von der Welt gedemütigt. Jetzt wird China Blutsauger der ganzen Welt.«

Nach dem fiktiven Hochzeitsessen verabschiedeten wir uns von Helmut, der ziemlich beduselt aussah. Nora und Peter zogen sich um, und wir machten zu viert noch einen langen Spaziergang am Seeufer. Zwischen uns hatte sich eine echte und tiefe Freundschaft angebahnt. Etwas Ähnliches wie Liebe auf den ersten Blick, stellten wir fest. Das geht manchmal sehr schnell, nicht wahr? Und nie würden wir die Hoffnung aufgeben, uns eines Tages wiederzusehen.

Inzwischen wollten wir in Verbindung bleiben. Nein, keine Mails. Zu gefährlich! Wir würden auf Papier schreiben wie zu Urgroßmutters Zeiten. Jede Woche einen Brief oder auch nur eine Postkarte. Und wir würden nur Belangloses erzählen, mehr nicht. Wir müssten einfach lernen, zwischen den Zeilen zu lesen.

Und Nora sagte mit erstickter Stimme: »Und wenn eines Tages unsere Briefe ausbleiben, dann werdet ihr wissen, dass uns etwas passiert ist.«

Wir begleiteten Nora und Peter zum Hotel. Und vor dem Eingang besiegelten wir unsere Freundschaft, indem wir uns lange in den Armen hielten. Nora und ich weinten. Und dann trennten wir uns. Es war vorbei.

Nora und Peter hielten monatelang ihr Versprechen: Briefe oder auch nur Postkarten, in regelmäßigen Abständen. Wir verglichen diese Briefe mit den Nachrichten, die wir im Fernsehen sahen oder in der Zeitung lasen. Wir hatten Angst. Aber die Briefe kamen, Signale aus einer Welt, die immer brutaler aus den Fugen geriet.

Und dann blieben die Briefe aus. Wir schauten täglich in den Briefkasten. Die Zeit verging. Wir warteten vergeblich. Keine Post mehr aus Hongkong, nie mehr.

Die Freiheit ist ein kostbares und fragiles Gut. Wir müssen sie fest in beiden Händen halten, bevor der Windsturm der Geschichte sie erfasst, wie einst Brautkranz und Schleier durch die Luft wirbelten und die Strömung sie forttrug.

Die Tochter von Wilhelm Tell

Dieser kurze Text erschien 2004 unter dem Titel »Wilhelm Tell« in der Zeitschrift »Schweizer Familie«.

In Dichtung und Roman aller Länder erscheint immer wieder der Rebell, der sich gegen die aufgezwungene Ordnung auflehnt. Er zeigt Mut, Geschicklichkeit und Seelenstärke. Das macht ihn zum Idealbild des freien Menschen, der sich und sein Volk vom einengenden Schicksal erlöst. Ob Wilhelm Tell existiert hat oder nicht, ist eigentlich unwichtig. Wilhelm Tell ist ein »Archetyp«. Dieser Begriff aus der Tiefenpsychologie steht für die im Unbewussten wirkende und formende Kraft, die als Legende oder Mythos in Erscheinung tritt. Ein Archetyp ist Urbild und Vorbild, und zwar über die nationalen Grenzen hinweg.

Wilhelm Tell verkörpert ein Ideal – doch die Zeiten haben sich geändert. Im dritten Jahrtausend brauchen wir keinen Nationalhelden mehr; wir brauchen Frauen und Männer für eine erwachsene Welt. Es gibt den Grundsatz: »Sei du selbst dein eigenes Vorbild.« Aber wer kann das nachvollziehen? Zu anspruchsvoll, zu kompliziert. Ein Vorbild, das in der Tiefe wirkt, mag bei Konfliktmustern hilfreich sein. Leider nicht immer. Vorbilder sind ambivalent, zeigen sich in wechselnder Verkleidung. Missbräuche sind nie ausgeschlossen; der Mensch ist manipulierbar. Daneben erscheint uns das, was für frühere Generationen als fraglos galt, in veränderter Perspektive. Die Geschichte mit dem Apfel zum Beispiel. Dass der verhängnisvolle Schuss dem Sohn – und nicht der Tochter – das Leben nehmen sollte, verstärkt seine Bedeutung. Denn der Vater liebt in seinem Sohn sein Alter Ego, sein anderes Ich. In seiner Tochter jedoch liebt er die Menschheit.

Nun – wie jedes Kind weiß, Gesslers heimtückischer Plan schlug fehl. Dem kleinen Walter wurde kein Haar gekrümmt. Die Geschichte ist heroisch und gefühlvoll, wie solche Geschichten eben sein müssen. Aber solange das festgefahrene Vater-Sohn-Schema im kollektiven Unbewussten nicht durchbrochen wird, solange der Sohn mehr gilt als die Tochter, ist die Menschheit nicht wirklich erwachsen. Wann wird sie es endlich sein?

Das Alte und das Neue

Im Jahr 2007 wurde aus
der Eidgenössischen Militärbibliothek in Bern
die Bibliothek am Guisanplatz.
Zu deren Einweihung durfte ich die Festrede halten.

Das Alte ist nicht immer alt, das Neue nicht immer neu. Es hört sich nach Paradoxon an. Gleichwohl, die unser Leben bestimmenden Kräfte sind wechselhaft und vielfältig. Heutzutage können wir irgendeinen Weg wählen, was den Menschen früherer Epochen selten gestattet war. Wir, in unseren Demokratien, nehmen das Frei-Sein als selbstverständlich hin. Wir vergessen dabei die Zwänge, die unsere Vorfahren fesselten und einen Großteil der Menschheit noch heute beengen. Wenn eine Militärbibliothek ihre damit verbundene Einschränkung aufgibt, auch entgegengesetzte Überzeugungen sprechen lässt, öffnet sie sich der Welt und der Zukunft. Dass dieser Schritt getan wurde, zeigt, wie jung diese alte Bibliothek im Grunde ist, wach im Geist und beweglich im Strom des Zeitgeschehens.

Heutzutage erlaubt die Uno-Charta Anwendung von militärischer Gewalt ausschließlich zur Selbstverteidigung oder im Fall einer Autorisierung durch den Sicherheitsrat. Der

Grundsatz bleibt theoretisch, stößt auf viele Widerstände. Doch er steht: Ein Fortschritt allemal. Was bewirkt, dass Kriege ausbrechen? Das schemenhaft Bösartige im Menschen, das Lichtlose selbst? Das mag schon sein. Allzu lange galten Kriege als legitimes Mittel der Politik. Allzu lange verlangten gefährliche Zeiten, sich im Voraus ein klares Bild von ihnen zu machen. Das Axiom gilt bis heute. Nichts mag riskanter sein als Routine-Sicherheit, zu vielschichtig sind die politischen Formen, Interessen, Ambitionen.

Vermutlich wird Zerstörung da sein, solange es Menschen gibt. Zerstörung im Krieg und Zerstörung im Glaubenseifer. Und immer geht es um Besitz und Rechte und Einfluss und Geld und Ruhmsucht und nicht zuletzt um eitle Bewunderung der eigenen Taten. Freundschaft und Versöhnung zwischen den Völkern ist leider ein frommer Wunsch, nachgeben mag gegen Prestige und Ehre sein. Kriege brechen aus, wenn das System aus Kräften und Gegenkräften versagt. »Willst du den Frieden, bereite den Krieg vor.« Mit anderen Worten: Es ist besser, Angst zu haben und etwas dagegen zu tun, als wegzusehen und sich in Scheinsicherheit zu wiegen.

Heute wie vor tausend Jahren sind Völker manipulierbar. Ideologen bringen mit geschickter Propaganda die Menschen in die richtige Stimmung. Danach liegt alles in Trümmern, und manche Leute verdienen viel Geld dabei. Jene aber, die das Grauenhafte miterlebten, denen ist die Zunge gelähmt. Und jene, die das Grauenhafte anordneten, deren Worte sind zu abstrakt, um das Unglück zu schildern. Denn die Wahrheit der Kriege sind weder nobel klingende Reden noch großartige Heldenepen. Die Wahrheit des Krieges sind Menschen in Not, Unschuldige, die in schreckliche und unbegreifliche Ereignisse hineingezogen werden.

Aber nicht Werkzeuge sind es, die den Krieg führen, nicht Panzer, Bomben, Flugzeuge, Raketen. Nein, es sind die Menschen, die sie abwerfen, auf die Knöpfe drücken, die Motoren starten. Sie wissen um Gut und Böse und wählen Letzteres, weil sie glauben, dass es notwendig oder gerecht ist. Und genau an dieser Stelle reißen die Bücher das Geschehen an sich.

Die Armen und Frustrierten dieser Welt tragen viel angestauten Groll in sich, der bisweilen in brutaler Gewalt aufflammt, eine sich austobende Erregung, und völlig unkontrollierbar. Sie können dabei viel Schaden anrichten. Aber erst, wenn Denker an die Staatsspitze gelangen – nicht selten auf demokratischem Weg –, brechen die großen Konflikte aus. Kriege werden fast immer von Intellektuellen angezettelt, und wenn dies nicht der Fall ist, von Volksvertretern, die sich ihre Denker wie Schoßhündchen halten. Und hinter den Denkern stehen, schattenhaft, die Bücher. Das Organisieren, das Planen und schließlich der Zwang zum sich allgemein ergebenden Einverständnis entsteht in den Hirnen jener, die das Gelesene – welches auch immer – verinnerlicht haben. Sie wissen, wie man andere Menschen beherrscht, wie man das Rezept von einer Generation auf die nächste überträgt.

Gewiss, heutzutage wird das Internet eingesetzt, als Mittel zum Zweck. Die Ergebnisse mögen phänomenal sein, wir werden dabei noch einiges erleben. Dennoch, Bücher sind mehr. Allzeit bestanden die ersten Handlungen der Sieger darin, die Städte zu plündern, die Frauen zu vergewaltigen und die Bibliotheken – falls vorhanden – zu zerstören. Die Kontrolle der Medien – Radio und Fernsehen – kommt heute hinzu, aber ansonsten hat sich wenig geändert. Bekanntlich waren es die Römer, ein Kulturvolk, die 47 v. Chr. die Bibliothek von Alexandrien mit ihren siebenhunderttausend Büchern in

Brand steckten und das Gedächtnis der Antike vernichteten. Fehlen uns heute die Verbindungen zu unserer fernen Vergangenheit, ist es dieser Brand, der das Vergessen bewirkte.

Besäßen wir wirklich tiefe Humanität, so träfe die Schändung von Schönem und Wesentlichem dieselbe Strafe wie Kriegsverbrechen. Aber hat man je von solchen Tribunalen gehört? Es ist eine Konstante: Stets wurde das Vorherige vernichtet. Das Neue wollte Platz haben und bezeichnenderweise immer den Platz, den zuvor das Alte einnahm. Ungestalt für Gestalt, die Geschichte des Wissens ist gleichsam die Geschichte der Zerstörung des Wissens.

Die Frage drängt sich auf: Wie bringen Bücher es fertig, aus freundlichen, dem Schöngeistigen zugeneigten Menschen bisweilen Massenmörder zu machen? Es ist schon so, dass das Gelesene durch die Schneckengänge der Gedanken wandert, sich im geheimen Dunkel festsetzt, in diesem schwarzen Tunnel, irgendwo im Hinterkopf, von dem aus wir nach draußen schauen. Das Gelesene zieht sich dorthin zurück, verrichtet seine langsame Arbeit, wie ein Saatkorn in der warmen Erde. Bewusstsein und Willen bringen das Korn miteinander zum Keimen; und wonach das Brot schmeckt, hängt vom Menschen selbst ab, von der Stellung, die er im Leben bekleidet, von seiner Redlichkeit oder Heimtücke, von seinen geheimsten Ängsten und Ambitionen.

Die nächste Frage würde lauten: Wie kommt es, dass manche Bücher eine derartige Vormachtstellung einnehmen, dass der kritische Verstand versagt und die Angst vor jeder Veränderung wie ein mahnendes Rotlicht im Gedächtnis blinkt: »Es steht geschrieben!«? Und keine Silbe darf verändert werden. Dabei wäre es längst an der Zeit, das sogenannte Altbewährte als ausgedient über Bord zu werfen. Aber nein: »Es steht geschrieben!« Manche mögen sich recht wohl dabei fühlen, denn ihre Zukunftsangst ist groß. Und nun tritt als Kontrapunkt das Neue hervor, die Mode eben, die alles umkrempeln will. In ihrem Sog werden Utopien und Paradigmen entwickelt, einige durchaus zukunftsweisend, andere drei Jahre später bereits vergessen.

Neue Ideen machen auch vor dem »Buch der Bücher« – welches auch immer – nicht halt. Aber jene, die weltrettende Wahrheiten infrage stellen, sollten sich als lohnende Investition einen Bodyguard anschaffen. Dass es Schriftstellern an den Kragen geht, ist nicht neu, es ist nur so peinlich unzeitgemäß. Dabei kommt dieses Neue nur im modisch zugeschnittenen Gewand daher. Sadismus, Sex und Gewalt toben sich auf literarischer Ebene aus, seitdem der Mensch schreiben kann. In der sogenannten Hölle frommer Bibliotheken schmort Eindeutiges. Es steckte viel Heuchelei dahinter, die vielleicht auch ihre Vorteile hatte.

Heute sind Romane, bei denen das Blut aus jeder Seite tropft, die Norm. Auf der Kinoleinwand ist es nicht anders, von der »Tagesschau« reden wir nicht. Weil uns der Anblick des Furchtbaren inzwischen mehr oder weniger egal ist, entsteht auch in der Literatur ein Überbieten von Sex und Grausamkeit. Es gibt kaum noch Krimis ohne zerstückelte Leichen. Und wo, beim seitenlangen »Ficken«, bleiben – bitte schön – Liebe, Herzenswärme und Zärtlichkeit? Wir Schriftsteller erliegen heutzutage einer sonderbaren Umkehrung der Wortbedeutung, erleiden allmählich jene Gefühlsverdrängung, die bewirkt, dass in unserer neuen Sprache Begriffe fehlen, um etwas auszudrücken, was uns in der früheren eigentlich klar war. Auch seriöse Schreibende bezeichnen als »geil« und »krass«, was sie getrost als »spannend« oder »hübsch« bezeichnen könnten.

Schreibende buhlen um die Gunst junger Leser, indem sie sich eine aufgeblasene Wortwahl aufbürden, mit schnoddrigem Schulhofjargon vermischt. Früher erhoben Jugendbücher nicht selten einen mahnenden Zeigefinger; das missfiel und wurde sattsam kritisiert. Aber es ist ebenso falsch, dem Zeitgeist in serviler Weise zu huldigen. Sobald Schreibende sich bemühen, am Ball zu bleiben, läuft ihnen die Mode schnellfüßig davon. Ihr Buch ist schon »out«, bevor es überhaupt »in« war. Kinder haben ein feines Gefühl für Ehrlichkeit. Wirklich erfolgreiche Jugendbücher bedienen sich, nach wie vor, einer klassischen Sprache. Denn Bücherschreiben ist kein Formal-Handwerk. Bücherschreiben ist Magie.

Die Menschheit braucht Bücher, heißt es. O ja, und wie! Wo Bücher unter Verschluss und Kinder gewaltsam von der Schule ferngehalten werden, verkümmert der Mensch, und das Land bricht in Chaos und Wirrnis auseinander. Nur Bücher verhindern, dass wir von allen Übeln der Vergangenheit nicht einzig die faulenden Früchte ernten. Bücher mögen Freude bewirken, von Liebe und Tod erzählen, von Lachen und Weinen, von Gut und Böse und all dem, was unter dem Himmel gleich ist. Bücher lehren den Menschen, sich selbst zu vertrauen, kein Unrecht zu dulden. Bücher schüren die Fantasie, regen zum Träumen an. Bücher sprengen ideologische Grenzen, entweichen mit frohem Gelächter dem versnobten Zynismus des Zeitgeschehens. Der Schreibende muss es nur wollen, obwohl seine Realität eine zerbrechliche ist, wie alles vom Menschen Geschaffene. Denn Bücher, ebenso wie Mauern und Städte und Kunstwerke, werden zu Staub, wenn ihre Zeit gekommen ist oder der Mensch – das anmaßende kleine Geschöpf – sie in einem seiner unschönen fanatischen Wutanfälle zerstört.

Kopernikus hat vor vierhundert Jahren die Gesetze des Universums erkannt; neue, ungeheure Erkenntnisse folgten. Aber umsonst. Der Mensch denkt weiterhin so, als sei er die Mitte der Welt; und es gibt eben Bücher, die sie in diesem Irrtum bestätigen. Sind wir aufgeklärt, wissen wir es besser als früher: Der alte Glaube verschwindet. Aber wo ist ein neuer?

Denn inzwischen verändert sich das Antlitz unserer Erde. Wer weiß, wie lange wir – als Gattung – überhaupt noch bestehen? Jahrtausendealte Bücher werden uns nicht immer begleiten können. Wäre es überhaupt wünschenswert? Möglicherweise enthalten sie Gedanken, um derentwillen wir uns – irgendwann – schämen müssten. Ja, die Menschheit braucht neue Bücher. Bücher für ein kommendes Zeitalter. Für unser letztes Jahrtausend, vielleicht, bevor das Eis schmilzt und die Wasser steigen.

Die Sami, die Nomaden aus dem hohen Norden Europas, wissen in ihrer Mythologie zu berichten:

> *Als Jubmel, der Gott der Götter, die Welt erschuf, wanderte er mit seinen Kindern umher und freute sich über die Schönheit dieser Erde. Doch Gespenster aus den Urzeit-Wassern weckten das Böse, und Jubmel sprach: »Ein gutes Land schuf ich und begegne nur einer bösen Welt. Stark und gut schuf ich die Menschen. Aber was sehe ich? Ein verdorbenes Geschlecht und eine verdorbene Welt. Ich weiß kein anderes Mittel, als die Welt zu wenden.« Und Jubmel entfesselte die wilden Stürme, drehte schnell die Erde, sodass die Wasser stiegen und die Flüsse aufwärtsflossen. Finsternis fiel über die Erde, alle Sterne verschwanden. Und so wendete Jubmel die schlechte Welt; ein neues Zeitalter wurde geboren.*

Das kommt uns doch irgendwie vertraut vor, oder? Die Überlieferung der Sami ist mündlich. Trotzdem wissen wir, dass vor vielen tausend Jahren etwas geschah. Die Erinnerung lebt noch im kollektiven Unbewussten. Auch die ältesten Bücher der Menschheit berichten von einer Sintflut. Diese Bücher und ihre Warnungen beurteilen wir heute – nicht zu Unrecht – sehr kritisch. Dass uns allenfalls die Zeit fehlen könnte, neue zu schreiben, mag denkbar sein. Denn manchmal kommt aus der Zerstörung auch gar nichts mehr. Das wäre dann das Ende.

Aber – meine Damen und Herren – der heutige Tag ist ein glücklicher Tag. Wir feiern eine Namensänderung und einen Neubeginn. Wir wünschen dieser altehrwürdigen, jugendlichen Bibliothek Glück und Harmonie, ein langes Bestehen und – was ja das Wesentliche ist – viele schöne, lesenswerte Bücher, alte und neue.

Buddhas zweites Gesicht

Diese Geschichte entstand nach einer wahren Begebenheit, die mein Mann und ich vor einigen Jahren in Japan erlebten.

Rahel und Stefan arbeiteten in der Verwaltung eines Warenhauses. Sie verstanden sich gut und wollten heiraten. Aber noch nicht jetzt. Inzwischen lebten sie als Partner, teilten die gleiche Wohnung, das gleiche Hobby – das Reisen. Je weiter, desto spannender. Sie waren schon in New York, in Melbourne und in Tel Aviv gewesen. Und diesmal stand Japan auf dem Programm. Zuerst Tokio, dann die alte Kaiserstadt Kioto.

Sie blieben ein paar Tage in Tokio. Alles kam ihnen seltsam vor. Neue Stimmen, neue Schriftzeichen. Doch die Millionenstadt war ihnen bald vertraut. Die Hochhäuser schienen nicht aus Glas und Beton, sondern aus irgendeiner anderen, flirrenden Substanz geschaffen. Cafés und Imbissstuben gab es in Fülle. Das Essen war ungewohnt, aber köstlich. Und alles war blitzsauber: die Straßen, die weiß gekachelten unterirdischen Gänge, die zu den U-Bahnen führten. Denn jetzt ging es weiter nach Kioto.

Der Zug wartete bereits, ohne Unordnung und keimfrei, mit samtbezogenen Bänken. Touristen, mit Taschen und Rucksäcken beladen, drängten sich, um einen Sitzplatz zu ergattern. Aber da saßen schon die Japaner, hielten eine Zeitung vor sich oder vertieften sich in ein Buch. Sie alle verhielten sich still. Sie schienen die Fremden, die sich stießen und schubsten und laut redeten, kaum zu beachten. Der Zug fuhr ab, pünktlich auf die Minute. Die Reise nach Kioto dauerte knapp eine halbe Stunde.

Jede Stadt hat ihre eigene Farbe. Genf ist blau, Mailand bronzebraun, Paris wechselt von silbern zu grau. Kioto im warmen Spätnachmittag schimmerte rosa und grün. Ein Bus brachte sie zu ihrem Hotel. Der Fahrer trug weiße Handschuhe, eine freundliche Frauenstimme gab die Haltestellen an, und der Bus drosselte behutsam die Fahrt im Stau.

Am nächsten Morgen machten sich Rahel und Stefan auf den Weg, um Kioto zu erleben. Es war ganz erstaunlich: Nur ein paar Minuten von den Hochhäusern und den von Bäumen gesäumten Straßen entfernt, lag eine andere Welt. Puppenhäuser aus Holz, Eisenblech und Ziegeln drängten sich entlang der gewundenen Gassen ohne Gehsteig. In altmodischen Werkstätten arbeiteten Männer, ein weißes Schweißtuch um die Stirn geknotet, hämmerten und zimmerten. Frauen flochten Körbe, rührten in Kesseln oder saßen vor einer Nähmaschine. Früchte und Gemüse waren sorgfältig in handgemachten Körben aufgestapelt. In großen Gläsern gab es Reisgebäck und Süßigkeiten. Bunte Kimonos hingen an Bügeln. Den Touristen gefiel das sehr. Es roch nach gegrilltem Fisch, nach Sojasauce und Ingwer. Ein dichtes Netz von Elektrizitäts- und Telefonkabeln hing über den Straßen und verstärkte den Eindruck einer farbenfrohen Unordnung.

Rahel und Stefan staunten bei jedem Schritt. Und sie hatten keineswegs das Gefühl einer künstlichen Umgebung. Dieses liebenswürdige Stadtviertel war schon vor hundert Jahren da gewesen, hatte seine Geschichte, seine Traditionen und lebte sein Eigenleben bis in die heutige Zeit. Rahel und Stefan fühlten sich geborgen, amüsiert und glücklich. Wären nicht die vielen Touristen gewesen. Leute aus Asien zumeist, aber auch aus Europa oder den Vereinigten Staaten. Sie verstopften die engen Gassen, sodass man kaum vorwärtskam. Sie drängten sich in die Werkstätten, begrapschten, was ihnen in die Hände fiel, fotografierten alles Mögliche und Unmögliche. Die japanischen Handwerker arbeiteten weiter, ohne eine Miene zu verziehen.

»Ihre Gemütsruhe möchte ich haben«, brummte Stefan.

Auch in den wunderschön angelegten Landschaftsgärten waren die Touristen überall. Ihre lauten Stimmen erstickten das Zwitschern der Vögel, das Plätschern kleiner Wasserfälle. Weil sie Selfies machen wollten, trampelten die Leute auf den Rasen, ignorierten die Schilder »Betreten verboten«. Die Gärtner nickten kummervoll vor sich hin. Gegen das Gewühl der Touristen waren sie machtlos. Vor dem Schrein des Sturmgottes mit seinem wuchtigen Strohdach stand ein weiß-rot gekleideter Priester. Er machte ein böses Gesicht und verhinderte, dass die Besucher auf den Balken der Eingangsschwelle standen, was die Geister erzürnt hätte. Das zu vermeiden, war in jedem japanischen Haus selbstverständlich.

Rahel und Stefan wanderten weiter auf dem Weg, der sich in vielen Kurven dahinzog. Sie kamen an Teichen vorbei, in denen Karpfen wie lebendige Blumen auf dem Wasser schwebten. Dann erhob sich vor ihnen ein imposanter buddhistischer Tempel. Vor dem Eingang stauten sich die Touristen, und es kamen immer mehr dazu. Einige Mönche in roten Roben sorgten für Ruhe und Ordnung. Die Touristen schienen wenig beeindruckt. Alle schwatzten, lachten laut und hoben ihre Smartphones. Rahel und Stefan schoben sich langsam im Gedränge voran, sahen sich die Statuen an. Die schönsten waren aus Holz und sehr alt.

Ein mächtiger Buddha aus Bronze auf einem steinernen Altar nahm den Ehrenplatz ein. Rahel und Stefan blieben in kurzer Entfernung stehen. Sie bewunderten die Erhabenheit und Ruhe, die diese Statue wie eine Aura umgab. Doch die anderen Touristen schienen nichts davon zu merken. Geschwätz und Gelächter überall. Man drängte und schubste sich. Ein Mönch stand vor dem Altar wie ein einsamer Wächter. Und sobald sich die Leute mit ihren hochgehaltenen Handys vordrängten, rief er ihnen etwas zu und zeigte nach oben. Worauf sie sich unter dem Altar niederknieten und emporblickten. Sie legten den Kopf schief, verdrehten den Hals. Manche fotografierten eifrig, andere erhoben sich und gingen weiter. Rahel und Stefan wurden neugierig und stellten sich an. Als sie endlich an der Reihe waren, wies der Mönch auf eine Stelle unter dem herrlich gemeißelten Antlitz der Statue.

»Da, der Buddha meditiert und hält die Augen halb geschlossen. Aber geht man vor dem Altar in die Knie, sieht man Buddhas zweites Gesicht. Er hat die Erleuchtung erlangt, seine Augen sind weit offen.«

Stefan und Rahel taten, was der Mönch geraten hatte. Sie blickten erwartungsvoll nach oben. Aber sie verrenkten sich vergeblich die Hälse. Wo war das zweite Gesicht? Machte sich der Mönch über sie lustig? Sie tauschten einen fragenden Blick und kamen wieder auf die Beine. Aber weil die Statue ja Buddha darstellte, schuldete man ihr Respekt. Bevor sie weitergingen, legten sie die Hände aneinander und deuteten eine Verbeugung an. Da gab der Mönch mit einer ziemlich autoritären

Geste den anderen Touristen zu verstehen, dass sie warten sollten. Er trat zu Rahel und Stefan und lächelte sie an. Sein Lächeln war gleichsam verschmitzt und warmherzig.

»Nun, was haben Sie gesehen?«

Rahel und Stefan tauschten einen verlegenen Blick.

»Na ja«, sagte Stefan, »eigentlich nichts.«

Der Mönch lächelte noch breiter.

»Sie haben Buddha den gebührenden Respekt erwiesen. Und deshalb will ich Ihnen ein Geheimnis anvertrauen: Sie haben recht. Es gibt kein zweites Gesicht.«

Sie starrten ihn verständnislos an. Er zwinkerte ihnen zu.

»Das ist für mich die einzige Möglichkeit, die Leute vor dem Altar auf die Knie zu zwingen, um Buddha den gebührenden Respekt zu erweisen.«

Für ein paar Sekunden blieb den beiden der Mund offen, bevor sie mühsam ihr Lachen erstickten. Doch der Mönch zwinkerte ihnen erneut zu und deutete kurz eine Verbeugung an.

»Ich danke Ihnen«, sagte er, bevor er sich mit eisigem Gesicht wieder dem Strom der Touristen zuwandte.

»Kommen Sie näher! Kniet man vor dem Altar nieder und blickt nach oben, entdeckt man Buddhas zweites Gesicht!«

Wie schmeckt ein Buch am besten?

2022 als »Nachwort« zu dieser
Kurzgeschichten-Sammlung verfasst.

Um es gleich am Anfang zu sagen: Ich koche nicht selbst! Meine Spaghetti haben meinen Mann nicht überzeugt, mein Lachs mit Zitrone schon gar nicht. Er hat mich recht bald aus der Küche geschickt: Verschwinde! Das war vor fünfzig Jahren. Seitdem ist die Küche sein Revier. Ich setze mich an den Tisch und lasse es mir schmecken. Hach! Wie beglückend!

Als Ausgleich habe ich mein persönliches Revier – den Schreibtisch, an dem ich mit vielen Spezialitäten meine Bücher koche. Die Zutaten? Alles, was das Leben bringt und die Menschen bewegt. Liebe und Schmerz, Unglück und Gewalt, Action und Erotik. Nicht zu vergessen das Schicksal unserer Erde. Dazu kommen noch Ideale und Utopien, Rebellion und Verzweiflung und manchmal auch Zynismus.

Aber stets mit einem perfekt recherchierten Hintergrund. Ich schwebe nicht in den Wolken, sondern bleibe mit beiden Füßen auf dem Boden. Das Peinlichste für eine Autorin: Wenn sich bei einer Lesung eine Person aus dem Publikum meldet – »Ich kenne diesen Ort, diese Geschichte, die Hintergründe, und was Sie da geschrieben haben, ist leider falsch«. Es zischt gewaltig, die Sauce ist angebrannt, und die Autorin steht da wie ein Trottel!

Aber im Allgemeinen sind die Fragen aus dem Publikum harmlos: »Wie lange schreiben Sie an einem Buch?« – »Waren Sie schon in diesen Ländern?« – »Haben Sie das alles selbst erlebt?« Heikler ist die Lieblingsfrage der Kinder: »Wie viel verdienen Sie?« Kinder fragen unverblümt. Und warten mit gespanntem Blick, dass ich ihnen alles vorrechne. Ich atme erst auf, wenn alle verständnisvoll nicken. Mal wieder geschafft!

Das alles ist kein Problem. Die am häufigsten gestellte Frage ist gleichzeitig auch die schwierigste: »Woher nehmen Sie die Ideen für Ihre Bücher?« Und da muss ich zunächst nach Luft schnappen. Denn grundsätzlich sind meine »Inspirationsquellen« derart vielfältig, dass ich sie unmöglich in ein paar Phrasen zusammenfassen kann, wenn fünfzig Leute wartend vor mir sitzen, mit – womöglich – ganz anderen Fragen im Kopf. Ich muss eine Auswahl treffen. Tja, was soll ich ihnen erklären? Dass sich im Laufe meines Lebens unendlich viele Erfahrungen und Eindrücke angesammelt haben und ich mir kaum noch die Frage stellen muss: Wo und wie und was? Wahrscheinlich geht es allen Schreibenden so: Sie saugen alles auf, wie Schwämme, behalten es im Kopf und kramen es bei Bedarf hervor.

Aber man kann auch frischen Ideen gezielt nachgehen. Unterdessen beziehe ich mich vermehrt auf ein kulturelles Umfeld. Auf Museen, Ausstellungen aller Art, historische und archäologische Stätten ebenso wie auf Konzerte, Theater- und Opernaufführungen. Auch Musicals sowie moderne oder klassische Choreografien regen die Fantasie an, aber man bleibt dabei auf Distanz und lässt die Eindrücke wirken.

Grundsätzlich sind solche Aktivitäten nicht Teil meiner Freizeit, sondern ein Element meiner Arbeit, auf das ich nicht verzichten könnte. Fest integriert sind natürlich auch Zeitgeschehen und Politik, wobei ich es allerdings möglichst vermeide, in die ideologische Falle zu tappen. Ich will nicht, dass meine Wahrnehmung auf irgendeine Weise eingeschränkt wird.

Obwohl ich von Natur aus sachlich bin, ist mein Schreibstil grundsätzlich visuell. Um zu erklären, woher das kommt, muss ich ziemlich weit zurückgreifen: Ich bin in Belgien aufgewachsen. Und in den Fünfzigerjahren war für die belgischen Kinder einiges anders als hierzulande, wo die Zwölfjährigen »Heidi«, »Die Biene Maja«, »Robinson Crusoe« oder »Winnetou« lasen. Alles ebenso erbaulich wie langweilig. (Ja, ja, »Winnetou« auch!) »Pippi Langstrumpf« und »Jim Knopf«, die der ganzen Misere ein Ende bereiteten, kamen erst später. Inzwischen lasen die belgischen Gleichaltrigen ihre heiß geliebten »bandes dessinées«, also Comics. »Tim und Struppi«, »Spirou«, »Lucky Luke« und so weiter. Sogar in der Schule hatte niemand etwas dagegen einzuwenden. Natürlich lasen wir auch Jugendbücher sowie klassische Literatur, sodass unsere Gehirne nicht zu Nussschalen schrumpften. Aber als ich die Sache mit den Comics in der Schweiz erzählte, gab es einen Aufschrei: Huch, wie schrecklich! Das Mädchen liest Schundliteratur und will jetzt Jugendbücher schreiben!

Stopp, kein Pauschalurteil. Es heißt: Comics gehören zu Belgiens Kultur wie Pralinen und Bier. Sie wurden sogar von seriösen Akademikern abgesegnet. Und heutzutage gehören Tim und Struppi zu den offiziellen Wahrzeichen Brüssels. Sie haben sogar ihr eigenes Museum. Ich persönlich allerdings bevorzugte »Corentin«, die Geschichten eines tapferen Schiffsjungen, der überall auf der Welt aufregende Abenteuer erlebte. Klar doch, ein Mädchen war immer dabei.

Unnötig zu erwähnen, dass ich daneben jede Menge Bücher verschlang, meinem Alter entsprechend oder ganz und gar nicht. Resultat – bei Erscheinen des »Roten Seidenschals« schrieb ein empörter Kritiker: »Das ist ein absolut verwerfliches Buch. Es kommen Körperkontakte vor.« Dass auch Revolverkontakte vorkamen und das Mädchen fröhlich um sich ballerte, schien dem Kritiker nicht aufgefallen zu sein.

Eine weitere belgische Eigenart war, dass man es total normal fand, wenn Schulkinder ohne Begleitung der Eltern die »jugendfreien« Filme besuchten. Niemand hatte etwas dagegen einzuwenden. In der damaligen Schweiz undenkbar! Die Eintrittspreise waren billig, und wir zahlten sie entspannt mit dem Taschengeld. Sensationell war, dass die Filmprogramme permanent liefen und uns niemand aus dem Saal schickte. Gefiel uns der Film, sahen wir ihn ein zweites oder ein drittes Mal, ließen die Beine baumeln und lutschten Eis am Stiel. Uns war lediglich untersagt, laut zu reden.

Das alles hinterlässt Spuren. Und da sich mein Mann seit je für die Filmtechnik interessiert, vergeht in unserer Wahlheimat Luzern kaum eine Woche, in der wir uns nicht in den Kinosälen Bourbaki oder Stattkino in der ersten Reihe breitmachen. Nach dem Motto: Keine Köpfe zwischen uns und der Leinwand! Außerdem schätzen wir, dass Spiel- und Dokumentarfilme in der Originalsprache und ohne Pause gezeigt werden. Uns interessieren nicht nur die Story und die Schauspieler, sondern auch die Innen- und Außenaufnahmen, die Kulissen, die Requisiten, die Musik. So abgebrüht wir auch sind, ist der Film gut gemacht, fühlen wir uns, als wären wir persönlich in den laufenden Szenen integriert. Wir sehen sämtliche Details, sogar die Pickel im Gesicht des sexy Hauptdarstellers! Allerdings bin ich mit zunehmendem Alter sentimental geworden. Cool – das war einmal. Wird es besonders dramatisch, heule ich los, und mein Mann reicht mir kommentarlos ein Taschentuch.

Nach dem Kinobesuch trinken wir einen Kaffee und diskutieren. Wie fanden wir den Film? Gut, mittelmäßig, total daneben? Wir bewerten die Dramaturgie, die Schauspieler, die Komposition der Sequenzen, die Aufnahmetechnik, die Originalität der Regie und die verschlüsselte Botschaft des Regisseurs, falls es eine gibt. Wir haben selbst in einem Film mitgewirkt und teilen fast immer die gleiche Meinung. Und als Autorin ist es für mich wesentlich, gewisse Eindrücke im Kopf zu behalten, um sie später – vielleicht erst Monate danach – aus dem geistigen Kühlschrank zu kramen und zu verarbeiten.

Bei einem klassischen Konzert mit Solisten, Duos und Trios versuchen wir ebenfalls, einen Platz in der ersten Reihe im Parkett zu ergattern. Ich weiß, man hat nicht immer das ganze Orchester im Blick. Schade, aber wir nehmen es in Kauf. Für uns ist es wesentlich, die Musiker aus der Nähe zu beobachten. Man kann sehen, wie ihre Konzentration wächst, wie eine gesammelte Spannung entsteht. Ihre Hände, mit denen sie gleich ihr Instrument beherrschen werden, sind ruhig. Ist Nervosität zu spüren, dann ganz kontrolliert, nur durch ein leichtes Zucken in den Fingern wahrzunehmen. Bei Solisten, Geige oder Piano, wobei ich weibliche Künstlerinnen bevorzuge, ist die Musik bereits vollkommen verinnerlicht. Sie spielen oft mit geschlossenen Augen, ihre Haltung ist locker, ihr Gesicht verklärt. Sie wandern an der Grenze zwischen unserer Welt und einer höheren Sphäre. Ihr kreatives Glück überträgt sich auch auf das Publikum. Ich selbst bin, wie alle anderen, verzaubert. Meine wandernde Fantasie schenkt mir eine Fülle von Bildern, verschwommen, in Symbolen oder in deutlichen Umrissen. Und gleichzeitig verschmilzt die kreative Leidenschaft der Künstler mit meiner eigenen Vorstellungskraft. Meine Gedanken folgen den Klängen, die Klänge verbreiten Emotionen, die wiederum neue Sequenzen schaffen.

Doch ich bleibe »auf dem Boden«. Mein Beruf ist rational. Ich bin nicht hier, um lediglich die Musik zu genießen. Ich bin hier, um zu arbeiten! Gewiss, ich lausche, lasse das Orchester jedoch nicht aus den Augen. Ich achte auf die Körpersprache, bemerke Blicke, Gesten und Verhaltensweisen. Die Art, wie die Musikerinnen und Musiker ihren Atem miteinander abstimmen, wie sie den Blickkontakt suchen. In ihrer Koordination ist Solidarität zu spüren. Bisweilen zwinkern sie einander zu, nachdem sie ihre Parts gespielt haben, oder tauschen ein verschmitztes Lächeln.

Die Dirigenten – Frauen oder Männer – sind natürlich diejenigen, die alle Blicke auf sich ziehen. Ihr Erscheinen ist Ritual: Sobald sie auf die Bühne treten, erhebt sich das gesamte Orchester und begrüßt sie ehrfürchtig. Auch das Publikum spendet Applaus. Mit einer huldvollen Handbewegung lassen die Dirigenten ihr Orchester wieder Platz nehmen. Sie warten, bis vollkommene Stille Publikum und Orchester vereint. Dann heben sie den Taktstock. Das Konzert beginnt. Es ist, als ob sich aus den Händen der Dirigenten magische Fäden lösen, ein unsichtbares Netz weben, das Orchester und Publikum vereinen würden. Der endgültig ruhende Taktstock, das Senken der dirigierenden Hand, lässt abermals Stille entstehen, bevor der Applaus des Publikums losbricht. Musikerinnen und Musiker entkrampfen sich, tauschen ein müdes, aber glückliches Lächeln.

Ganz anders verhält es sich bei Tanzaufführungen. Da sind mein Mann und ich bestrebt, die Bewegungen der Tänzer zu sehen, wie sie im Kopf des Choreografen konzipiert wurden. In diesem Fall nehmen wir Plätze ein, die weit von der Bühne entfernt sind, am liebsten auf dem ersten Balkon. Mimik und Gestik der Tänzer sind zwar nur mit dem Opernglas im Detail zu erkennen, aber das Wesentliche ist die Gesamtkonzeption. Hochwertige Schöpfungen schenken Euphorie. Das Verschmelzen der Bewegungsabläufe, des Bühnenbildes, der Musik und Beleuchtung vermittelt ausreichend Material für meine eigenen Kreationen. Da jedoch die erfassten Bilder dynamisch sind, geraten sie leicht in Vergessenheit. Und doch bleiben einige von ihnen im Gedächtnis haften, wenn auch nur fragmentarisch. Eine Ausstrahlung, die sich früher oder später auf einen meiner Romane übertragen wird.

Heiße Kartoffeln

Künstlerinnen und Künstler haben nicht nur Talent, sie zeichnen sich auch durch Geistesgegenwart aus. Da mein Mann und ich – wie bereits erwähnt – bei Konzerten stets in den vorderen Reihen sitzen, kamen wir kürzlich aus nächster Nähe in den Genuss einer denkwürdigen Szene.

Im KKL, dem Kultur- und Kongresszentrum Luzern, lauschte ein hingerissenes Publikum dem Klavierkonzert Nr. 2 von Rachmaninow, gespielt von einer aufkommenden internationalen Pianistin. Sie trug ein Abendkleid aus blauem Satin, tief ausgeschnitten, eng anliegend. Total sexy. Rachmaninow komponierte dramatische Musik. Die junge Frau hämmerte selbstvergessen und energisch auf die Tastatur. Ihre nackten Arme, die sich voller Kraft bewegten, brachten unvermittelt den Reißverschluss auf ihrem Rücken zum Platzen. Ob sie es merkte? Ein solches Missgeschick merkt jede Frau! Trotzdem spielte sie weiter, ungerührt und mit der gleichen Konzentration, während ihr Reißverschluss sich immer mehr öffnete, Rücken und Hüften entblößte, bis schließlich ihr schwarzer String sichtbar wurde! Natürlich taten die Musiker neben ihr, als würden sie den Vorfall nicht bemerken. Als Rachmaninows Werk mit einem gewaltigen Klanggebäude zu seinem Ende kam, verbeugte sich die Künstlerin mehrmals vor dem begeisterten Publikum, bevor sie mit etwas verlegenem Gesichtsausdruck die Bühne verließ. Als sie nach der Pause schwungvoll wieder in Erscheinung trat, konnte man sehen, dass der Reißverschluss ihres Kleides von einer Sicherheitsnadel zusammengehalten wurde! Unnötig zu betonen, dass eine derart skurrile Szene von mir gespeichert wurde und gegebenenfalls in einem Roman wieder auftauchen wird!

Künstlerinnen und Künstler haben oft zwei Gesichter: ein öffentliches und ein privates. Letzteres behalten sie im Allgemeinen lieber für sich. Aber ihre wahre Natur kommt bisweilen zum Vorschein. Bevor die Pandemie ausbrach und man noch normal reisen konnte, befanden wir uns am Flughafen Düsseldorf, auf dem Weg zurück in die Schweiz. Reisende warteten vor einem Fahrstuhl. Die Kabine kam im Schneckentempo, blieb vor unseren Augen stehen, aber die Tür ließ sich nicht öffnen. Die Leute wurden nervös, ein paar drückten hektisch auf den Knopf. Warten. Immer noch warten. Plötzlich trat dicht hinter mir eine junge Frau in Jogginghose, Pulli und Sneakers, mit umgehängter Tasche und einem kleinen Reisetrolley, nach vorn. Ihr riss der Geduldsfaden – mir auch. Und zwar in der gleichen Sekunde. Unsere Füße traten simultan gegen die Glastür, die sich, oh Wunder, öffnete! Während sich die Leute in den Aufzug drängten, grinsten wir uns an. Seelenverwandtschaft! Wir tauschten einige Worte. Die Frau erzählte, dass sie Pianistin war und in Madrid ein Konzert geben würde. Verspätung wäre der letzte Horror! Wir wünschten ihr viel Erfolg, und jeder ging seiner Wege. Ich hatte sie nicht erkannt, mein Mann jedoch auf den ersten Blick. Es war Hélène Grimaud, die auch als Seelenverwandte der Wölfe bekannt ist und vor Jahren ein Zentrum zu deren Schutz gründete. Für ihr Konzert in Düsseldorf am Vorabend hatten wir keine Karten mehr bekommen.

Menü und Tagesgerichte

Wie ein Chefkoch, der die Tagesgerichte für die ganze Woche plant, übernimmt mein Mann eine ähnliche Aufgabe. Er plant mein Programm (Menü?), damit ich mir bei Lesungen nicht zu viel zumute. Das Publikum erklärt dann nicht: »Es hat uns geschmeckt«, sondern fragt: »Woher nehmen Sie Ihre Ideen?« Salz, Pfeffer und so weiter …

Also, die ursprünglichen Ideen kommen mir jederzeit und spontan, inspiriert – wie bereits erwähnt – von aktuellen Ereignissen, von Begegnungen, Gesprächen, Konzerten, Büchern oder Filmen. Dabei spielen die menschlichen Beziehungen eine wesentliche Rolle. Irgendwann wird meine Vorstellungskraft mobilisiert, ich beginne, in meinem geistigen Kühlschrank zu wühlen. Und auf einmal, wie aus dem Nichts, tauchen bestimmte Elemente auf, die sich wie die Maschen eines Netzes verbinden.

Hier ein typisches Beispiel: Im Jahr 1993 waren wir in Cannes, als »The Piano« von Jane Campion am Filmfestival die Goldene Palme gewann. Der Film spielt in Australien zu einer Zeit, als es noch kaum eine Siedlung gab. Nur Meer und Wald. Musik in der Wildnis? Wäre doch ein Thema. Ich ließ die Idee eine Weile köcheln wie die Suppe im Topf, immer auf der Suche nach einem ausgefeilten Plot.

Ein Klavier kam nicht infrage. Eine Geige, vielleicht? Wäre außerdem handlicher. Da ich damals noch mehrheitlich Jugendbücher schrieb, kam mir eine Halbwüchsige in den Sinn, die ihre Mutter verliert und über deren Tod nicht hinwegkommt. Die Mutter war Geigerin, die Tochter erbt ihr Instrument und sucht mithilfe der Musik Verbindung zu der Verstorbenen. Dieses Verhalten mag hierzulande fremd anmuten, aber den Menschen der »First Nations« (Ureinwohner Amerikas) in den USA und in Kanada ist der Gedanke vertraut. Ich werde noch darauf zurückkommen. Jetzt hatte ich mein »Drehbuch«! Alles andere folgte mühelos dank der Datenmengen in meinem »Kühlschrank« und war sofort einsatzbereit. Das Ergebnis: der Roman »Shana, das Wolfsmädchen«, der mehrere Auflagen erlebte und erfolgreich verfilmt wurde.

Hierzu eine Anekdote: Meine Mama hat sich Mühe gegeben, mich gut zu erziehen. »Denke immer daran, dass du eine gute Kinderstube hattest«, pflegte sie zu sagen. Ich frage mich, was Mama empfunden hätte, wäre sie Zeuge gewesen, wie ihre Tochter – inzwischen eine Dame im besten Alter – in Vancouver vor einem Drugstore randalierte. Da stand nämlich eine Werbetafel mit John Wayne, der hämisch grinsend eine Biermarke anpries. Jeder Filmstreifen mit Wayne war eine gewaltige Schweinerei gewesen und ging stets auf Kosten der »First Nations«. Die Leute standen im Halbkreis und glotzten, während ich den Kerl mit Fußtritten bearbeitete. Eine symbolische Rache, total idiotisch, ich weiß. Der Chief von Beaver Creek, dem ich die Geschichte später erzählte, als wir dort die Dreharbeiten zu »Shana« besuchten, meinte dazu laut: »Respekt!« – und schüttelte sich vor Lachen.

Tut mir leid, Mama, wenn ich mich ab und zu danebenbenehme. Aber gelegentlich kann – und soll – man sich das leisten. Persönliche Seelenzustände zu analysieren, liegt mir nicht, dafür beschäftigt mich die Gesellschaft und ihre sich endlos wiederholenden Ungerechtigkeiten. Nicht selten treiben mich die Nachrichten in den Medien zur Weißglut, danach verarbeite ich das Thema in Form eines Romans, wobei sich die Geschichte durchaus in einen anderen Kontext versetzen lässt.

Unlängst beschäftigte ich mich mit dem Schicksal des kurdischen Volkes. Ihr ethnisches Gebiet umfasst vier Länder: Türkei, Iran, Irak und Syrien. In der heutigen Zeit haben sich die Grenzen verschoben, und die politischen Hindernisse häufen sich. In diesem Zusammenhang imponieren mir vorab die kurdischen Frauen, keineswegs überfordert, wenn sie islamische Fanatiker ins lang ersehnte Paradies befördern. Das Thema reizte mich. Aber wie sollte ich es anpacken?

Der Zufall kam mir zuhilfe. Im Wartezimmer einer Arztpraxis entdeckte ich eine Zeitschrift mit einem Bericht über einen geheimnisvollen archäologischen Fund in Anatolien, nahe der syrischen Grenze. Die Stätte im kurdischen Gebiet trug den Namen Göbekli Tepe und ging auf das 10. Jahrtausend v. Chr. zurück. Und man entdeckte, dass es sich um eine größere Anzahl übereinander errichteter Bauten handelte. Tempel? Offenbar nicht, sondern eventuell Sternwarten. Weil sich der Nachthimmel im Laufe der Jahrtausende verändert, und mit ihm auch die Position der Sterne, hatten die damaligen Astronomen laut dieser These vermutlich keine andere Wahl, als in regelmäßigen Abständen eine neue Beobachtungsstation zu errichten. Dabei nahm man sich offenbar nicht die Mühe, die vorherige abzureißen. Sie wurde vergraben, und basta. Und überall gab es Mauerteile oder Pfeiler, die mit Skulpturen bedeckt waren, die keiner deuten konnte. Aha. Ich stellte sofort den Kochtopf auf den Herd und recherchierte. Die Geschichte der Kurden war uralt, reichte weit über das Paläolithikum hinaus. Gleichzeitig kam mir die Statue des »Löwenmenschen« in den Sinn, die wir im British Museum in London im Rahmen einer Sonderausstellung über die archaischen Glaubensvorstellungen der Menschheit gesehen hatten. Die Statue stammte eigentlich aus Deutschland. Sie war eine Leihgabe für die Dauer der Ausstellung gewesen. Folglich fuhren wir nun nach Ulm, wo der vor rund vierzigtausend Jahren auf der Schwäbischen Alb entstandene »Löwenmensch« aufbewahrt wurde und wo es ausführliche Erläuterungen zum damaligen weltweit verbreiteten Geisterglauben gab.

Die Sache war enorm interessant. Ich rührte die Suppe um, machte mich unverzüglich an die Arbeit. Ich hatte genug Elemente für einen Plot. Ich musste mir nur noch die Protagonisten einfallen lassen. Aber die Sache ging ziemlich schnell, und schon wenige Monate später erschien mein Roman »Das Erbe der Vogelmenschen« mit der Tragödie der Kurden im Mittelpunkt.

Bio oder nicht bio

Seit ein paar Jahren erfreuen sich Bio-Produkte einer steigenden Beliebtheit. Keine verdächtigen Rohstoffe mehr, auch keine dubiosen Lebensmittelfarben. Man respektiert die Natur – wurde ja auch allmählich Zeit! Und im Bereich des Schreibens?

Da lautet die meistgestellte Frage der Leserinnen und Leser: »Ist das Ihre Biografie? Haben Sie das alles selbst erlebt?«

In der Fachwelt werden Bücher üblicherweise in »Belletristik« und »Sachbuch« eingeteilt. Ich habe zwar auch ein paar Sachbücher geschrieben, bin aber in der »Belletristik« mehr zu Hause. Ist so ein Werk nun fiktiv oder nicht? Der japanische Erfolgsautor Yasushi Inoue bezeichnet sich selbst als »professionellen Lügner«. Als Humorist, der er ist, wird seine Aussage ohne Umschweife im Sinne einer Kunst verstanden, die den Leuten den Glauben vermittelt, seine Geschichten seien wahr. Und wenn die Beschreibung der Landschaft, der Protagonisten mitsamt Gedanken und Handlungsweisen den Aspekt der Wahrheit erweckt, ist es tatsächlich Kunst. Ich selbst wurde kürzlich gekonnt hinters Licht geführt, als ich eine Autorin traf und meine erste Frage war, warum sie ihren kleinen Pudel nicht dabeihabe. Mich hatte insbesondere die Sequenz in ihrem Buch »Rigi« berührt, als Ajax (so hieß das Tier) zum ersten Mal die Nacht in ihrer Wohnung verbrachte. Dieser Hund existiere nicht, er sei frei erfunden, erwiderte sie lachend, und natürlich war auch die Wohnung nicht ihre, sondern die der Romanheldin.

Sushi und Tempura

Als ich 1994 meinen ersten Roman für Erwachsene, »Silbermuschel«, veröffentlichte, tauchte immer wieder die Bemerkung auf: »Das ist ja schrecklich, was Sie in Ihrer Jugend erlebt haben« (Inzest und Kindesmissbrauch). Zu jener Zeit begann dieses bisher totgeschwiegene tragische Thema in die Öffentlichkeit zu dringen und in Medien und Filmen behandelt zu werden. Mein Roman erzählte eine solche Geschichte. Die

Protagonistin hat ihr Trauma nie überwunden und leidet an Depressionen, bis sie in Japan einen Mann trifft, dem es gelingt, sie zu heilen. »Haben Sie für den Romanhelden Ihren Mann als Vorbild genommen?«, wurde ich immer wieder gefragt. Ich verbrachte viel Zeit damit, zu dementieren. Nein, mein Mann hatte mit der Geschichte nichts zu tun, außer dass er Japaner ist. Folglich überließ ich es den faszinierten Leseratten, zu fantasieren, wie sie wollten. War ja schließlich der Sinn der Sache. Doch woher nahm ich das Modell für diese Gestalt? Einen sogenannten Traummann, der sich als geschickter Seelenklempner entpuppt? So was kanns geben, wenn auch nicht im Multipack. Für diese Figur ließ ich mich fragmentarisch von unserem langjährigen Freund, dem Butoh-Tänzer Daisuke Yoshimoto, inspirieren, sowohl von seinem Äußeren her wie auch von seinem extravaganten Verhalten. Ansonsten waren die Eigenschaften des Helden eine Synthese aus verschiedenen Wesenszügen.

Hierfür wurde mein »Ideen-Kühlschrank« auf der japanischen Insel Sado (schon der Name …!) vollgestopft, wo wir die damals sehr berühmten Kodo-Trommler – der Name Kodo bedeutet Herzschlag – zum ersten Mal erlebten. Diese Gruppe erreichte in den 1980er- und 1990er-Jahren internationalen Erfolg. Ihre kraftvolle und gleichsam sensible Performance, von alten Schrein-Traditionen abgeleitet, war gekonnt auf Show getrimmt. Außer einem Mini-Lendenschurz und einem weißen Stirnband trugen sie nichts. Ihre körperliche Ausstrahlung machte die Leute sprachlos. Aber die heutige Welt ist prüde geworden, und die Trommler zeigen sich nun tugendhaft in schwarzen Beinkleidern oder knielangen Shorts. Mit ein Grund, warum sie weniger Erfolg haben? Könnte ja sein … Kurzum, damals hinterließen die Klangfülle und das visuelle Erlebnis einen dauerhaften Eindruck bei mir. Folglich setzte ich Daisuke nicht mehr als Tänzer, sondern als charismatischen Kodo-Trommler ein. Auch er trug in seiner Erinnerung ein tragisches Geheimnis. Als Kind war er knapp dem Tod entgangen. Hier kam ein dramatischer politischer Hintergrund zum Einsatz. Beide Protagonisten meines Romans hatten also eine lebensprägende Tragödie hinter sich. Sie gaben sich gegenseitig Kraft, um ihr Trauma zu bewältigen, was die Story mit leidenschaftlicher Energie füllte. Nicht zuletzt war der Erfolg des Buches den erotischen Sequenzen zu verdanken, die ich einsetzte, weil sie im Verlauf der Geschichte durchaus ihre Berechtigung hatten.

Bevor ich den Roman in Angriff nahm, musste ich verschiedene Eindrücke und Erlebnisse memorieren. Zum Beispiel erinnerte ich mich vage an den alten Schrein auf der Insel Sado. Dieses traditionelle Heiligtum war der Fuchsgottheit Inari geweiht und spielte eine Rolle in meiner Geschichte. Aber wo befand es sich? Keine Ahnung mehr! Damals gab es ja Google Maps und Google Street View noch nicht. Ich nahm also meine Fantasie zuhilfe. Die Heldin geht durch einen Wald und entdeckt durch Zufall diesen Schrein. Die Sequenz war also »im Kasten«, wie man in der Filmsprache sagen würde. Als der Roman dann erschienen war, erreichte mich der Brief einer begeisterten Leserin. Sie war nach der Lektüre des Buches in Japan gewesen, auf den Spuren der Hauptperson (des schönen Trommlers!). Sie schrieb mir, dass sie auf der Insel Sado bei den Proben der Kodo-Leute dabei gewesen sei und den Lunch mit ihnen geteilt habe. Und dass sie auf einer Wanderung durch den Wald den Fuchsschrein erreicht habe. Sie betonte, dass alles genau so war, wie ich es beschrieben hatte. Die Fiktion hatte sich also als Realität erwiesen.

Tatsächlich ist die fragliche virtuelle Landschaft das Ergebnis der Synthese von unzähligen Elementen, die im Denken abgespeichert werden. Sie vermögen sich dann zu diesem kohärenten Bild zusammenzusetzen, das heißt zu einem wahrscheinlichen Bild, das das Gefühl von Realität vermitteln kann. Umgekehrt aktivieren auch die Lesenden die »Datenbank« in ihrem Kopf. Das Ergebnis ist jedoch eine Diskrepanz zwischen der Bedeutung der Worte, die sie wahrgenommen zu haben glauben, und dem, was eigentlich im Buch steht. Zum Beispiel braucht man nur ein Lexikon aufzuschlagen, und schon findet man für jedes Wort mehrere verschiedene Bedeutungen. In diesem Zusammenhang gibt es für die Lesenden immer einen Interpretationsspielraum hinsichtlich des konventionellen Kriteriums »Fiktion« und »Nichtfiktion«. Da die Situation zweideutig ist, lassen wir das Imaginäre im Raum stehen.

Grillfeuer

Auf einer Lesereise in Berlin lernte ich eine etwa dreißigjährige Frau mit langen roten Haaren kennen. Von Beruf Feuerwehrfrau, erzählte sie mir in einem Café sehr anschaulich von ihrem bewegten Leben. An einer Stelle erwähnte sie ihre Leidenschaft für das Feuer. Sie sagte, das gebe es bisweilen bei Feuerwehrleuten und entwickle sich bei manchen zu Zwangsneurosen. Bei ihr jedoch nicht. »Aber ich spiele sehr gerne mit dem Feuer«, setzte sie hinzu. Ich verzog freundlich die Lippen. Wörtlich oder bildlich? Tatsächlich war ich nicht überrascht. Sobald die Leute erfahren, dass ich Schriftstellerin bin, fühlen sie sich oft dazu verleitet, mir Persönliches zu erzählen oder auch Dinge, die sie besser für sich behalten würden. Ich selbst stelle nie Fragen. Meine Mama hat mich zu Diskretion erzogen. Aber ich höre gerne zu. Könnte nützlich sein.

»Sie glauben mir nicht«, sagte die Frau nun in vorwurfsvollem Ton. Und bevor ich etwas erwidern konnte, fuhr sie mit der Hand über die brennende Kerze auf dem Tisch. Das Ergebnis war eine riesige und spektakuläre Flamme, die mich völlig verblüffte. Die Performance, angeblich kein Trick, gehörte zu ihren halbprofessionellen Aktivitäten. Als sie mir außerdem ihr sehr spezielles Privatleben darlegte, machte es bei mir klick: Da war sie, die Heldin meines nächsten Romans, der bereits in meinem Kopf den Titel »Feuerfrau« trug! Ich steckte die Feuerfrau in meinen Kühlschrank und ließ sie fürs Erste abkühlen. Und es dauerte ein paar Monate, bevor ich mich an die Arbeit machte.

Nachdem die große Linie gefunden war, verlieh ich der Heldin eine extravagante und sinnliche Haltung, ganz im Gegensatz zu der introvertierten Hauptperson von »Silbermuschel«. Bei der Ausarbeitung der Geschichte kam mir ein traditionelles Fest in Langada in den Sinn, das wir einige Jahre zuvor auf einer Griechenlandreise erlebt hatten. Nach Einbruch der Dunkelheit wanderten die Dorfbewohner – Männer und Frauen – zum Klang einer Trommel mit bloßen Füßen über glühende Kohlen. Eine Mutprobe? Von wegen! Die Zeremonie der Anastenaria-Feuer existiert seit uralten Zeiten. Wir beobachteten in respektvollem Abstand, wie die Leute sich in Trance drehten und Ikonen schwenkten, wobei sie unentwegt bei jedem Schritt ein rhythmisches Seufzen ausstießen. Niemand hatte etwas dagegen, dass mein Mann dieses mysteriöse Ritual fotografierte. Die Leute waren in sich selbst versunken und behandelten uns wie Luft.

Weil ich unbedingt diese Zeremonie in meiner Geschichte haben wollte, schickte ich auch meine Hauptperson auf die glühenden Kohlen, was deutlich ihre sakrale Natur zeigte. Die Pythia auf ihrem Dreifuß ließ grüßen! Die Tatsache, dass die »Feuerfrau« in meinem Buch gleichzeitig mit zwei Männern schlief, führte zu heftigen Reaktionen. Diese »unmoralische« Geschichte schockierte einige. Nicht alle. Es gab eine Anzahl Frauen, die sich über eine weibliche Hauptperson freuten, die ihre Sexualität mit ruhiger Missachtung jeglicher Gebote und Verbote ohne Schuldgefühle auslebte.

Allerdings fragte mich keiner, ob ich die Geschichte selbst erlebt hatte. Wahrscheinlich sah man keine Kongruenz zwischen Buchheldin und Autorin. Ich hatte keine roten Haare und offenbar auch keine Blasen an den Füßen. Erwähnt sei allerdings ein Herr bei einer meiner Lesungen, der schüchtern das Wort an mich richtete. Es entspann sich folgender Dialog: »Frau de Cesco, sind Sie eigentlich selbst über das Feuer gelaufen?« – »Tut mir leid, das wäre mir nie in den Sinn gekommen! Und Ihnen?« – »Bei alten Bräuchen bin ich gerne dabei. Ich will verstehen, was die Leute damals empfunden haben. Doch, ich habe es mal versucht. Eine Mutprobe.« – »Ach so, und wie wars?« – »Nicht gut. Ich habe mir die Füße verbrannt!«

Geflügel

Viele Menschen sind nicht imstande, zwischen Realität und Fiktion zu unterscheiden. Ich habe viel Fantasie, dazu den geeigneten Wortschatz. Ich kann den Leuten imaginäre Gefühle vermitteln oder rein erfundene Begebenheiten plausibel machen. So entstehen meine Bücher. Mit einer Ausnahme: Beim Roman »Das Vermächtnis des Adlers« war ein seltsames

Erlebnis Auslöser der Geschichte. Es geschah in den frühen Achtzigerjahren, als wir in Chardonne, oberhalb des Genfersees, wohnten.

Gegen zehn Uhr dreißig klingelt es an der Haustür. Vor uns steht ein hochgewachsener Herr mit langen weißen Haaren unter einem Schlapphut. Er spricht englisch und stellt sich als Tamas Vaszary vor. Er sei Ungar, wohne aber schon länger in den USA. Und er setzt gleich hinzu, dass sich ein verletzter Adler in unserem Garten befinde. Er zeigt auf einen kleinen Hang, wo tatsächlich ein gewaltiger Greifvogel kauert, offenbar unfähig, sich vom Boden zu erheben. Einer unserer Nachbarn, der das Ganze vom Fenster aus beobachtet hat, meint, dass wir die Vogelwarte anrufen sollten. Und es wäre gut, den Vogel ruhig zu halten, damit er nicht versuche, in seinem Zustand davonzufliegen. Folglich hole ich ein Betttuch, und wir gehen den Hang hinauf, Tamas Vaszary als Erster, wir hinterher. Als wir ein paar Schritte vom Adler entfernt sind, breitet dieser die Flügel aus – eine beeindruckende Spannweite – und erhebt sich. Es gibt eine Art Blitz, und der Vogel ist weg! Wir trauen unseren Augen nicht. Er muss doch irgendwo sein? Unser Nachbar, ein bodenständiger Rentner, sucht mit uns in den Büschen. Von dem Adler fehlt jede Spur.

Vaszary hat sich nicht an der Suche beteiligt. Er steht ruhig da und schaut nur kurz auf seine Armbanduhr. Wir laden ihn zu einem Kaffee ein, doch er sagt, dass sein Schwager und dessen Frau unten im Dorf auf ihn warten. Als wir ihn zum Gartentor begleiten, erfahren wir, dass er Pianist und Dirigent war. Seine Frau Anna hatte er bei einem Gastspiel in Victoria, der Hauptstadt von British Columbia, kennen gelernt. Beide lebten bis 1958 in Budapest. Dann kamen die Russen, und sie flohen in die Schweiz. Sie hatten in Chardonne die glücklichste Zeit ihres Lebens verbracht. Vor einem Jahr war Anna gestorben. Ein Hirntumor. Jetzt wohnt Vaszary wieder in den USA, wo er sich am wohlsten fühlt.

Kurz vor ihrem Tod im Pflegeheim hatte Anna gesagt: »Komm im nächsten Jahr, zum selben Datum, hierher. Ich werde dir ein Zeichen geben. Du sollst wissen, dass ich immer bei dir bin und auf dich warte.«

Vaszary spricht ohne Aufregung, als ob das alles ganz normal für ihn wäre. Ist es vermutlich auch. »Suchen Sie nicht mehr den Adler, Sie werden ihn nicht finden. Gleicher Ort, gleiches Datum. Sogar die Uhrzeit stimmt. Der Adler ist für mich gekommen.«

Annas Familie, erzählt er weiter, gehörte zum mächtigen Volk der Cree, deren Stammesgebiet sich vor dem Eindringen der Europäer von den Rocky Mountains bis zum Atlantischen Ozean erstreckte. Die Cree nahmen den Adler als Schutzgeist wahr. Ihre Frauen wurden Adlerfrauen genannt und verfügten über magische Kräfte.

Hier muss ich eine Erklärung einflechten, warum ich Vaszarys Worte keine Sekunde lang in Zweifel zog. Die Vorstellungswelt der »First Nations« war mir nicht unbekannt. Junge Menschen recherchieren akribisch im Rahmen ihres Interessengebietes. So auch ich. Ich kannte schon als Schülerin den Namen sämtlicher Stämme von A bis Z, ebenso ihre Wandergebiete. Ich konnte den »Song of Hiawatha« aufsagen, und der »Lederstrumpf« hatte mir nie gefallen: Sorry, Fenimore Cooper, was dort steht, stimmt nicht. Immerhin hatte er nicht nur Mist geschrieben, deswegen behandelte ich ihn mit einer gewissen Höflichkeit …

Wie dem auch sei, fast neunzig Prozent von dem, was ich wusste, verdankte ich meinem Brieffreund Hubert Ouillet.

Wir hatten uns über einen Verwandten meines Vaters, der in den USA lebte, kennen gelernt. Hubert war ein paar Jahre älter als ich und gehörte zum Volk der Abenaki, ursprünglich aus dem nordöstlichen Waldland. Er hatte alle meine Fragen beantwortet, mir unendlich viel beigebracht und sich sogar die Mühe gemacht, alte Lieder und Gedichte für mich zu übersetzen. Hubert starb früh an Tuberkulose. Ich war sehr traurig. Monate nach seinem Tod stand ich noch mit seiner Mutter in Verbindung. Wir hatten von Anfang an ein sehr inniges Verhältnis gehabt. Sie hätte mich gerne besucht, aber sie hatte kein Geld. Und ich auch nicht.

Zurück nach Chardonne. Mich beschäftigt eine Frage: Was haben wir mit Vaszarys Geschichte zu tun? »Kreative Menschen sind dem Unsichtbaren nahe«, sagt Vaszary. »Deswegen hat Anna Sie als Medium ausgesucht.«

Er macht uns mit seinen Verwandten bekannt, die ja auf ihn gewartet haben. Wir essen zusammen im »Chalet du Mont-Pèlerin«. Nachdem wir uns voneinander verabschiedet haben, schauen mein Mann und ich uns perplex an. Haben wir am Ende doch eine Meise? Zum Glück gibt es einen zuverlässigen Zeugen: unseren Nachbarn, dem wir wahrhaftig nicht eine überbordende Fantasie zuschreiben können. Doch, er hat den Adler gesehen. Und auch, wie dieser von einer Sekunde zur nächsten nicht mehr da war. Der Vorfall sei recht sonderbar gewesen, und er werde ihn in seinem Tagebuch festhalten.

Als ich meinen nächsten Roman in Arbeit nahm, integrierte ich dieses Erlebnis in die Geschichte. Treffender ausgedrückt: Ich schrieb den Roman, indem ich das Geschehnis zum Mittelpunkt machte, um den sich die ganze Handlung aufbaute. Dabei kam ich sogar in die Lage, dass ich nicht mehr kategorisch beurteilen konnte, was der Wahrheit entsprach und was nicht. Die Grenze zwischen Subjektivität und Objektivität ist vielschichtig. Denn eine fiktive Szene besteht aus Wörtern, deren Bedeutung immer durch die eigene Sichtweise gefiltert wird und die Ereignisse schildern, so wie die Autorin sie zu sehen glaubt.

Speisekarte

Ein klassisches Menü umfasst üblicherweise vier Gänge: Aperitif mit einem kleinen »Gruß aus der Küche«, Suppe oder Vorspeise, Fleisch- oder Fisch-Gang, Dessert mit Kaffee. Exzentrische Küchenchefs mögen diese Reihenfolge bisweilen genussvoll durchbrechen, aber an der althergebrachten Konvention ist eigentlich wenig zu rütteln. Auch ein Roman entspricht dieser Folge, mit Eröffnung, Steigerung und Apotheose, bevor es kurz vor Schluss noch einmal gehörig kracht. Aber im Gegensatz zu der Speisekarte ist die Struktur eines Romans unendlich viel freier und erlaubt es beispielsweise, eine Schlüsselszene gleich am Anfang zu setzen, um die Neugier der Lesenden zu wecken. Diese Technik wird häufig auch im Film angewendet. Es stehen zahlreiche Mittel zur Verfügung: Rückblende einer Sequenz von der Gegenwart in die Vergangenheit, Fokussierung auf die Spezifität eines Protagonisten, symbolische Außenaufnahmen. Die Filmsprache ist reich an tiefer und verdichteter Bedeutung.

Als Filmliebhaberin inspiriert mich die Filmsprache sehr. Ich wende sie beim Schreiben gern an. Zwei Beispiele: Der Roman »Die Tibeterin« beginnt mit einer Schockszene. Ein tibetischer Junge beobachtet, wie ein wilder Yak einen nebligen Berghang hinunterdonnert und auf seinen Hörnern die blutige Leiche eines chinesischen Offiziers trägt. Diese erste Sequenz leitet die eigentliche Geschichte ein, das tragische Schicksal einer tibetischen Familie unter der Schreckensherrschaft der chinesischen Eroberer.

Das Buch »Die neunte Sonne« spielt im Ersten Weltkrieg und beschreibt gleich am Anfang, wie ein deutscher Junge vor den Augen eines Mädchens von einem Baum fällt und als Erstes auf dem Boden einen Hirschkäfer mit seinem scherenförmigen »Geweih« entdeckt. Danach liegen die Kinder im Gras und beobachten den vor ihrer Nase krabbelnden Käfer. Diese Art von Vision, im Filmjargon Close-up genannt, weist auf ein Sinnbild hin, das der Junge sein Leben lang im Unterbewusstsein bewahren wird. Und weil das Mädchen bei ihm ist, assoziiert er den Anblick dieses Käfers mit etwas Gutem. »Er ist nicht böse, er ist mächtig«, sagt Darina.

Später, als Soldat, kämpft er im chinesischen Chintao gegen die Japaner. Er wird schwer verwundet in ein japanisches Internierungslager gebracht. Dort treiben ihn belastende Erinnerungen, Schuldgefühle, Rebellion und Gewalt an den Rand des Wahnsinns. Seine Rettung verdankt er dem Lagerkommandanten, einem Angehörigen einer mächtigen Samuraifamilie, deren Kampfhelm seit Jahrhunderten mit einem Hirschgeweih versehen ist. Die Erinnerung an das »Geweih« des Käfers, verbunden mit der Erinnerung an das inzwischen verstorbene Mädchen, bewirkt, dass er es aufgibt, sich gegen die gütige Zuwendung des Lagerkommandanten zu sperren. Er wird bis ans Ende seiner Tage in Tokio bleiben und mit seiner Frau glücklich sein. Der Prolog funktioniert also wie eine Vorahnung des Helden von seinem späteren Schicksal. Die Dramatik des Buches und die Freiheit der Filmsprache laufen parallel.

Im Grunde ist die emotionelle Wirkung eines modernen Romans nicht viel anders als der Effekt, den in der Antike die klassische Literatur hervorrief. Der Ursprung der Tragödie ist das unüberwindbare Schicksal. Die Anschauung, dass die Welt der Lebenden und die Welt der Verstorbenen ein für alle Mal getrennt sind, besteht seit Menschengedenken. Man konnte nicht ins Jenseits gelangen und in diese Welt zurückkehren, um zu erzählen, wie es auf der anderen Seite aussah. Nur der Gott Hermes hatte von Zeus den Auftrag erhalten, sich als Bote zwischen den beiden Welten zu bewegen. Die Sage von Orpheus und Eurydike symbolisiert die unmögliche Liebe zwischen einem Lebenden und einer Toten. Shakespeare, von diesem Thema inspiriert, verfasste die tragische Geschichte von Romeo und Julia, eines der berühmtesten Werke der Weltliteratur. Das Motiv zieht sich wie ein roter Faden durch sämtliche Kunstbereiche, durch Musik, Ballett und Oper. »West Side Story« erzählt nichts anderes. Macht man das Jugendlichen mit den richtigen Worten klar, kapieren sie recht schnell, was gemeint ist. »›West Side Story‹? Die Idee kommt von den alten Griechen? Ach so, ja ja …«

Was ich eigentlich sagen will: Schreibende sollten – ähnlich dem Gott Hermes oder einem Experten der Nouvelle Cuisine auf Erfahrungstrip – fähig sein, zwischen verschiedenen Welten zu wandern. In die Welt der Geschichte wie in die Welt der Kunst, der Literatur und der Musik. Eine Prise Salz – die Tränen der leidenden Seelen. Eine Prise Pfeffer – Mord und Totschlag. Und eine große Portion Ingwer – Liebe und Erotik.

Kulinarisches im Allgemeinen

Heute haben wir die kulinarischen Farben und Aromen gleich vor der Nase: gegrillt, gekocht, frittiert. Direkt aus der Pfanne, aus dem Topf. Der Koreaner auf der anderen Straßenseite, der

Japaner um die Ecke und der Italiener überall. Das Gleiche in jeder Buchhandlung. Tische und Regale bersten unter dem Gewicht der Neuerscheinungen. Und jedes Mal bei mir der gleiche Gedanke: Ach du Schreck, jetzt will ich auch noch eins dazu schreiben! Pizza und Kebab aus dem Computer; jedes Buch soll den Lesenden schmecken!

Ich werde oft gefragt: »Wie gehen Sie vor, um ein Buch zu schreiben?« Gar nicht kompliziert: Wenn ich vor meinem Computer sitze, tippe ich schnell ein paar wahllose oder unwichtige Sätze. Danach ist es wie Mineralwasser (mit einer Scheibe Zitrone) oder Wein. Aber Alkohol macht duselig oder euphorisch, nichts für mich! Bei anderen geht das offenbar. Wein auf dem Arbeitstisch und Martini zum Apéro, bei mir dunkle Schokolade mit achtzig Prozent Kakao. Jedem das Seine. Aber wir alle sitzen da, mit oder ohne Flasche, mit oder ohne Kalorienzufuhr, und brüten unser Thema aus wie Hennen ihr Ei, bevor wir die richtigen Worte finden. Im Grunde sind wir alle auf der Suche nach einer logischen Kontinuität der Geschichte.

Wenn man vor etwas steht, das nicht alltäglich ist, gibt es zwei Haltungen. Entweder man ignoriert es – warum auch nicht? –, oder man ist fasziniert und versucht, mehr herauszufinden, egal, worum es sich handelt: ein Objekt, eine Person oder ein ungewöhnliches Ereignis. Das hängt von der Neugier ab. Und bei mir – wie ich schon sagte – von der Filmsprache. Sie bedient sich sämtlicher visueller und akustischer Ausdrucksmittel und bringt uns dazu, in jeder Sequenz die Aussage des Regisseurs zu erfassen. Wobei das Fernsehen für meinen Mann und mich eine untergeordnete Rolle spielt. Der Bildschirm mag noch so groß sein, das visuelle Erlebnis ist begrenzt; dreht man die Augen seitwärts, sieht man das Sofa.

Vor einer Kinoleinwand lehnt man sich zurück, alles wird dunkel. Die Leinwand erfüllt den Raum, und die Welt verschwindet. Die Filmsprache ist äußerst komplex. Der Kamerawinkel für jedes Bild, für jede Sequenz ist akribisch berechnet, die Kulissen ausgewählt, die Landschaft in das Geschehen integriert. Was die Schauspieler betrifft – auch wenn ihre Sprache, ihre Mimik vom Drehbuch diktiert werden –, kommen ihre Gefühle gut zum Ausdruck. Es sei denn, die Schauspieler haben kein Talent, dafür andere Vorzüge. Die Fade-out- und Fade-in-Technik macht, dass man eine Sequenz verwischen kann, um ein anderes Bild erscheinen zu lassen. Mit gut gewählten Wörtern kann man das Ganze auch in einem Roman hinkriegen. Worauf man verzichten muss, ist die Musik, ein ergänzendes Element des Films. Das Buch muss leider ohne auskommen.

In diesem Zusammenhang ist auch die Synchronisation störend. Die Lippenbewegungen passen oft nicht zusammen. Das stört. Aber im Ausland ist der Besuch eines Films in der Landessprache eine ausgezeichnete Übung. Was wird hier gesagt? Aha! Ich glaube, ich habs begriffen! In Japan erklärt mir mein Mann das meiste im Voraus. Nicht alles, leider! Es kommt oft vor, dass ich während der Vorstellung Fragen stelle, wobei mir die (fast immer) höflichen Japaner missbilligende Blicke zuwerfen.

Eines Tages sahen wir in Helsinki einen halb autobiografischen Film des Komponisten Jean Sibelius. Wir hatten null Ahnung von der finnischen Sprache und von der finnischen Geschichte … na ja, nur wenig. Immerhin hatten wir uns, so gut es ging, informiert. Und wir wussten, dass Jean Sibelius sein berühmtes sinfonisches Gedicht »Finlandia« 1899 komponiert hatte. Diese Sinfonie war inspiriert von einem volkstümlichen Gedicht. Sie wurde erstmals anlässlich einer Feier zur Unterstützung der Pressefreiheit aufgeführt, die von der russischen Obrigkeit bedroht war. Diese war fest entschlossen, die Bevölkerung Finnlands zu »russifizieren«. Was uns ja heute, im Jahr 2022, ziemlich bekannt vorkommt.

Kurzum, der Höhepunkt des Filmes zeigte, wie die Sinfonie zum ersten Mal aufgeführt wurde. Auf einmal erhob sich das Publikum – im Film wie auch im Kinosaal – und sang die Worte auf Finnisch, eine Sprache, die der russische Generalgouverneur auf Geheiß von Zar Nikolaus II. verboten hatte Im Film wurde gezeigt, wie bewaffnete Soldaten eingriffen, um die Leute zum Schweigen zu bringen. Aber Schweigen, das geht nicht, wenn es die Menschen nicht wollen.

Ich heulte natürlich, und mein Mann gab mir ein Taschentuch. Wir brauchten kein Wort zu verstehen. Die Filmsprache hatte alles gesagt.

Zum Dessert Ziegenkäse

Muh machen die Kühe auf der Alp und lassen die Glocken bimmeln. Auf der Insel Malta, wo mein Mann und ich uns für Recherchen aufhielten, meckerten nur traurig ein paar Ziegen. Sie produzierten einen Käse, der mit kandierten Feigen sensationell schmeckte.

In der Hauptstadt Valletta ist abends nicht viel los. Immerhin entdeckten wir ein Filmplakat mit dem Titel »Mu«. Ein Alpaufzug? Ein Kuhkampf? Wohl kaum. Und als wir unsere Tickets holten, fragte uns die freundliche Dame an der Kasse, ob wir die Landessprache kannten. Wir verneinten. »Aber wir werden schon verstehen, was da los ist.« Die Kassiererin schaute uns skeptisch von der Seite an.

Im Film ging es um Frauen und Männer zwischen Prunkvillen und Jachten, die viel Geld hatten und nie zufrieden waren. Es gab feuchte Partys, sexy Umarmungen und böse Blicke im Casino. »Faites vos jeux, rien ne va plus!« Die Männer schnauzten sich an, verprügelten sich mit allem Möglichen, sogar mit einem Golfschläger. Die Frauen rissen sich ihre Couture-Kreationen vom Leib, zeigten viel nackte Haut, und eine schrie dreimal »Mu!« in immer lauterer Tonfolge. Dazu gab es eine wilde Messerstecherei und einen rührseligen Selbstmordversuch im Pool, mit Rettung in letzter Minute. Das Ganze dauerte zwei Stunden.

Als wir perplex aus dem Kino kamen, sprach uns die Kassiererin an: »Nun, haben Sie etwas verstanden?« – »Leider wenig. Wir haben uns Mühe gegeben und sind fast verrückt dabei geworden. Doch: Was bedeutet eigentlich ›Mu‹?« Die Kassiererin lachte. »›Mu‹ bedeutet genau das: ›verrückt‹!«

Und was, wenn Schreibende nach Stunden vor dem Computer eine Blockade haben, sich die Haare raufen und wütend und verzweifelt »Mu!« blöken? Sollte nicht sein. Wer die Welt durch Wörter sieht und die Gabe besitzt, sie den Lesenden zu vermitteln, sollte eine Tasse Tee trinken, den Kopf lüften und es noch einmal versuchen.

Mein herzlicher Dank geht an die vielen Leserinnen und Leser, die mir seit weit über fünfzig Jahren die Treue halten. Und ganz besonders an Andrea Leuthold, die beste Lektorin, die ich jemals hatte.

Federica de Cesco